Plan B fürs Leben

Beatrice Kofman

Bibliografische Information der Deutschen Nationalbibliothek: Die Deutsche Nationalbibliothek verzeichnet diese Publikation in der Deutschen Nationalbibliografie; detaillierte bibliografische Daten sind im Internet über http://dnb.dnb.de abrufbar.

Lektorat: Anja Schwarz und Sarah Wiedenhöft

Herstellung und Verlag: BoD – Books on Demand, Norderstedt

ISBN: 978-3-7568-0066-7

Beatrice Kofman

Plan B fürs Leben

Inhalt

Für die Erinnerung, dass es im Leben immer weitergeht!

Für den Mut, dieses Leben zu leben!

Und für den Fels in meiner Brandung: meine Schwester!

Vorwort

„Mir ist egal, wie reich er ist! Hauptsache, er hat seine eigene Yacht, seinen privaten Eisenbahnwagen - und seine eigene Zahnpasta."
Manche mögen's heiß, (1959)
„Na, wenn's weiter nichts ist!"

„Ich geh unter die Blogger! Ich will es aber anders machen als alle Blogs, die ich bisher zu solchen Themen gelesen habe! Die zielen entweder auf nutzlose Belehrungen ab oder fahren die totale Mitleidstour und drücken dabei voll auf die Tränendrüse! Ich will etwas gestalten, das witzig ist und zeigt: Hey, eigentlich kann das jedem passieren, es ist nur zusätzlich tragikomisch in BeaBu's Fall!" – „Aber BeaBu, so sehen wir dich doch auch! Ich meine, so bist du ja auch! Du hast noch nie Mitleid gebraucht!" Das Kompliment ging runter wie Öl, aber, ehrlich gesagt, das ist die Haupteigenschaft, nach der ich meine Freunde auswähle. Die Eigenschaften, dass sie intelligent und humorvoll sind, ein großes Herz haben und vor allem, dass sie gänzlich blind für meine körperlichen Defizite sind, obwohl sie selber völlig gesund sind und den Unterschied sehen müssten, was sie 100 %ig auch tun, aber eben null beachten. Jedenfalls begann so die Unterhaltung mit einer meiner besten Freundinnen, als ich ihr letztens meine neueste Idee eröffnet habe. „Wie kommst du jetzt darauf, BeaBu?" – „Na ja, sagen wir es doch mal so: Ich lebe seit meinem zwölften Lebensjahr mit einer der aggressivsten Formen von Rheuma, die jemals registriert wurden und jeder, den ich kenne oder neu kennenlerne, ist begeistert von meinen Geschichten und das, obwohl es sich für mich eher so anfühlt wie ein andauernder Plan B", schmunzelte ich sie an.

Bitte nicht falsch verstehen: Ich liebe mein Plan-B-Leben! Jedoch wäre es manchmal auch sehr wünschenswert, wenn mal ein Plan A klappen würde, vom ursprünglichen Plan A mal ganz abgesehen, der lautete nämlich: „Mein Haus! Mein Auto! Mein Pferd!" oder übersetzt: „Mein super-reicher

Ehemann!" (Natürlich nur aus demselben Kulturkreis, denn wer will schon jemand anderem seine Welt erklären müssen?) „Mein super-prestigeträchtiger Beruf!" (Natürlich nur Ärztin oder Anwältin, denn mal ehrlich, gibt es überhaupt andere Berufe?) „Meine drei super-wohlerzogenen Kinder!" (Natürlich alle nur bis zum 30. Lebensjahr bekommen, denn wer wird danach noch Windeln wechseln wollen?)

Und ganz konkret: Ich wusste schon mit zehn wie meine Hochzeit aussehen würde. Mit 14 wusste ich, dass ich unbedingt Medizin studieren wollte (Fachärztin: Psychiatrie). Mit 19 habe ich Medikamente verweigert, die zu Fötus-Schädigungen führen können, weil ich bis 30 meine Kinderplanung abgeschlossen haben wollte (dabei war ich damals Single und die Medikamente hätte man drei Jahre vor einer Schwangerschaft absetzen können). „BeaBu, gerade du musst doch wissen, dass es immer einen Plan B gibt!" Na klar weiß ich das! Aber ich musste es mühselig lernen, dass für mich anscheinend immer nur die Alternative im Leben zu meinem Glück führt! Nachdem ich vier Jahre meiner Jugendzeit an den

10

Rollstuhl gefesselt verbrachte, brauchte ich fast zehn Operationen, um wieder laufen lernen zu dürfen (bis dato sind es schon über 20 OPs, nur zum weiteren Erhalt dieser eigentlichen Selbstverständlichkeit „Laufen"). Und nachdem ich einige gruselige Weltansichten von Männern aus meinem Kulturkreis mitbekommen habe, bin ich der Liebe meines Lebens schon zu Abiturzeiten im Musik-Leistungskurs begegnet. Jedoch brauchte ich eine Weile, um mir einzugestehen, dass meine große Liebe ein wundervoller Mann ganz ohne selbigen Migrationshintergrund sein kann. Mein Abitur wurde, nach unzähligen erfolglosen Jahren des Versuchens, „nur" durch ein Fachabitur ersetzt. Das Medizinstudium wich damit unmittelbar meinem Diplom als Sozialarbeiterin/ Sozialpädagogin. Tja, und das Thema Kinder ist so eine Sache für sich, sagen wir es mal so: Mittlerweile bin ich 33, ohne Kinder, dafür aber mit einem Kater, den ich nicht davon abbringen kann, auf dem Esstisch zu schlafen und einer Welpin, der ich fast geschafft habe beizubringen, weder drin noch draußen ihr „Geschäft" zu machen. Als sie sich dann letztlich um zwölf Uhr nachts in der Küche entleerte, bin ich vor Freude fast geplatzt, dass sie nicht geplatzt ist.

„Aber BeaBu, du meisterst dein Leben bei weitem besser als die meisten anderen meiner Bekannten in unserem Alter! Die wünschten, sie wären bereits so weit wie du!" Interessante Neuigkeit: Ich krieg doch was hin! Wobei ich der Aussage meiner Freundin auch nur zum Teil zustimme: Die besagten „meisten anderen" sind Anfang 30, Single oder beinahe wieder Single, gerade fertig mit dem Studium oder gerade am Beenden, gerade zwischen zwei Jobs oder unglücklich mit der Arbeitsstelle und im Grunde haben sie alle eines gemeinsam: Nie über den jetzigen Lebensabschnitt hinaus zu planen. Zu Schulzeiten war das „Jetzt" wichtig. Zu Ausbildungszeiten/ Studium war das „Jetzt" wichtig. Bei Karrierebeginn war das „Jetzt" wichtig und plötzlich ist man 30, und es fällt einem ein, man hätte seine Prioritäten vielleicht doch lieber mit ein wenig mehr Weitblick setzen sollen. Als ob es immer heißen würde: entweder ... oder! Ich kenne sogar jemanden, der mittlerweile um die 60 ist und so ein Leben bevorzugt. Er scheint dabei auch glücklich zu sein. Jeder wie er will, ich urteile nicht!

Jedoch, wenn ich von meinem Plan A rede, meine ich Menschen, die genau wie ich von vornherein versucht haben, alles parallel zu vereinbaren. Das ist auch machbar, denn ich kenne tatsächlich eine ganze Menge Menschen, die meinen Plan A genau so umgesetzt haben. Zugegeben, die meisten davon sind aus meinem Kulturkreis, aber bei weitem nicht alle! Und ob glücklich oder nicht, können und sollen nur sie selbst beurteilen. Allerdings sieht das Gras vom Garten des Ein- Familienhauses-im-Nobelbezirk, auf dem die zwei bis drei Kinder von Herrn und Frau Dr. (mit Anfang 30) harmonisch spielen, schon wesentlich grüner aus als das Gras auf dem Bordstein vor der überteuerten Zweizimmer-WG-Altbau-Wohnung-im-Scheißbezirk von meiner Wieder-mal-Single- Freundin.

Und so kommt es, dass, je nachdem in welche Richtung meiner Generation ich schaue, die einen meinen Plan A leben und die anderen meinen Plan B erstreben! Und dann gibt es noch diese wundervolle Handvoll kreativer, chaotischer, intelligenter

13

Menschen in meinem Leben, die hoffentlich immer einen erfolgreichen Plan B in petto haben!

I
Die Seilbahn

„Alice kann tun, was immer Alice möchte!!!"
Alice im Wunderland 2: Hinter den Spiegeln (2016)
„Oh und ich anscheinend auch..."

„BeaBu, wir steigen hier in die U-Bahn und fahren 20 Minuten bis direkt vor den Billardsalon. Schaffst du das?" *Hmm, schaff ich das?* Ich schaute aus dem Fenster des Restaurants, in dem wir, meine Beste, ihr Freund und ich gerade noch zu Abend aßen. Die U-Bahnstation war nicht mal 100 Meter entfernt und ich fing an zu lachen. „Na klar schaff ich das!", antwortete ich ganz großkotzig.

Hätte ich bloß den Mund gehalten! Denn gerade als wir beim U-Bahnhof ankamen, sagte Madame plötzlich: „Nicht dieser Eingang! Der da hinten! Geht das noch?" Um mir nicht die Blöße zu geben, machte ich im selben Stil breitspurig weiter: „Ach, selbstverständlich geht das!" *Was kostet die Welt? Ich zahl's!*

20 Minuten später war der „Da-hinten-Eingang"
immer noch nirgends zu sehen. *FUUuuuuaaaaaa*
„BeaBu, alles ok? Wir hätten doch lieber ein Taxi
nehmen sollen!" Der Freund meiner Besten schaute
mich leicht skeptisch an. Tja, und da war er wieder,
der kleine Unterschied in meinem Leben!

Frage: Wie weit kann BeaBu heute laufen?

```
Rechenweg:
500m zusätzlich in guten Zeiten ≙ 5m
500m zusätzlich in schlechten Zeiten
≙ 42,195 km
500m zusätzlich, wenn es mir weder
gut noch schlecht geht ≙ x
Antwort:    Dieser    unberechenbare
Faktor  X  hat  mir  schon  so  einige
Abenteuer beschert!
```

„Hab ich euch je von der Expo2000 erzählt?", fragte
ich schnaufend, aber augenzwinkernd.
„OMG! Wenn ich DAS überlebt habe, überlebe ich
ALLES!

Ich war damals 17 und es waren gerade mal neun Monate vergangen, seitdem ich mit zig OPs meine vier Jahre Rollstuhlzeit überwunden hatte, indem ich wieder komplett neu laufen lernen musste.

Und was macht man mit seinen neu wiedergewonnenen Fähigkeiten? Na klar, man fährt zum Klassenausflug (noch auf Krücken) auf ein 160 Hektar großes Messegelände! Klingt logisch? Nein? Für mich mittlerweile auch nicht! Aber damals... Na ja ich wollte eben mit dabei sein und im Rollstuhl ging es meistens nicht. Aber auf Krücken war ich frei! Natürlich wäre im Zuge der guten Inklusion niemandem in den Sinn gekommen, mich vor meinem eigenen Unsinn zu bewahren! Aber die Höhe war ein Typ aus der Parallelklasse, der sich extra die Krücken seiner Oma ‚ausgeliehen' hatte, um nirgendwo anstehen zu müssen!

Das Ergebnis der Expo 2000 im Vergleich:

Der Typ musste wirklich nirgends anstehen, wurde von A nach B von irgendwelchen Mitarbeitern im Golfkart mitgenommen und hatte es geschafft, fast die gesamte Expo zu sehen.

17

– Er hatte einen Supertag!

Ich hingegen wurde nirgendwo vorgelassen, habe nicht eine einzige Ausstellung gesehen und kam zwar mit dem Shuttlebus an das andere Ende des Messegeländes, aber zurück wurde ich ‚wegen Überfüllung' jedes Mal am Rand stehen gelassen.

Ich glaube, der Typ hat den Vergleich gewonnen.

Jedenfalls ging mir am anderen Ende der EXPO nur noch ein Gedanke durch den Kopf: *Wie zur Hölle komme ich wieder zum Ausgang?* Da fiel mir die Seilbahn über meinem Kopf auf. Praktisch: Der Eingang war nur ca. 50 Meter entfernt! Die Richtung stimmte auch schon mal und die Fahrt über würde ich mich entspannen, die Aussicht genießen und könnte wenigstens behaupten: ‚Ich war auf der Expo2000 und habe sie aus der Luft gesehen!' Ach ja, immer diese herrlich romantischen Vorstellungen!

Die Realität:

a) Die verdammte Gondel hielt weder beim Ein- noch Aussteigen, was es eigentlich unmöglich für mich machte, sie zu betreten bzw. wieder zu verlassen und

b) Das vermaledeite Ding wackelte während der gesamten Fahrt und hatte keine Türen!

Verzweifelt genug, wollte ich mir das doch mal aus der Nähe anschauen, ganz nach dem Motto: *Schauen kostet ja nichts* und SCHWUPPS – saß ich ganz plötzlich drin und wackelte zig Meter über dem Erdboden in dem Ding ohne Türen, ohne Stoppschalter und ohne Möglichkeit, dort je wieder alleine aufzustehen, geschweige denn alleine rauszukommen.

Aber hey, ich saß und fuhr in Richtung Ausgang! Aber von wegen entspannt die Aussicht genießen: In meiner Panik konnte ich nicht eine Sekunde an etwas anderes denken als an eine Strategie, wie ich am Ende der Fahrt lebendig und ohne gebrochene Knochen aus der Gondel steige, um nicht bis ans Ende meiner Tage über der Expo2000 im Kreis zu schweben.

Und da war die Fahrt auch schon vorbei! Die Ausstiegsplattform näherte sich und nach drei Versuchen, selber aufzustehen, griff ein starker Arm in die Gondel und zog mich raus. Dabei rutschte ich auf dem Gehsteig aus und der starke Arm fing mich im Flug auf, während meine Krücke einem wild fotografierenden Asiaten an den Kopf flog! Wie peinlich!

Der starke Arm gehörte einem voll süßen Typen, und als ich noch rot anlief und ‚Danke' stammelte, lud er mich schon auf eine Tasse Kaffee in der Eingangshalle ein, zu der praktischerweise die Seilbahn direkt geführt hatte. In dem Café verbrachte ich die restliche Zeit bis zur Heimreise (natürlich ohne Typ, der wollte schließlich die Expo sehen)."

„Wahnsinn! Aber da ich BeaBu schon seit Jahren kenne, weiß ich, dass man ihr alles zutrauen kann. Es ist immer ziemlich interessant, mit ihr zusammen ihre Grenzen auszutesten!" Mit diesen Worten betrat ich zwar fix und fertig, aber mit stolz geschwollener Brust den richtigen U-Bahn-Eingang und wir fuhren zum Billardspielen.

II
Das Beinahe-Hochzeitsfiasko I

„Das Leben ist wie eine Schachtel Pra..."
Forrest Gump (1994)
„Ach, red doch nicht von Sachen, von denen du keine
Ahnung hast"

„Von welchem Planeten kommen Sie denn?!?" Da war er, dieser ungläubige, arrogante, herablassende Blick eines Oberarztes ohne Peilung! Hätte der Herr nämlich eine Ahnung gehabt, von welchem Planeten ich komme, so wäre er mir in den Allerwertesten gekrochen, wie alle Mediziner, um die OP durchführen zu dürfen, um die ich ihn jetzt voller Verzweiflung anflehte! Fehlanzeige: OP-Termin frühestens erst in sechs Wochen!

Und da war sie, meine persönliche Hölle!

Meine jüngere Schwester sollte in acht Tagen heiraten, am kommenden Tag war Junggesellinnenabschied, ich hatte seit knapp zwei Monaten einen neuen Job und war noch in der Probezeit. Und außerdem passte es mir so gar nicht, dass ich jetzt OP Nummer 27 (28?

29?) hinter mich bringen musste! Keine Ahnung, welche genau, ich hab nach Nummer 20 aufgehört zu zählen. Von den peinlichen Umständen, die dazu geführt hatten, mal ganz zu schweigen: Ich wollte doch einfach nur kurz vor Feierabend noch mal schnell zur Toilette...

Wegen der bevorstehenden Hochzeit war ich fleißig am Überstunden sammeln, um ein gutes Zeitfenster zum Abbummeln aufzubauen. Somit war ich bereits seit einer Stunde die Letzte aus meiner Abteilung, die noch am Arbeiten war. Ich rief meinen Mann an: „Hey Schatz! Ich muss eh in spätestens einer Stunde Schluss machen, also wenn du in ca. 45 Min. hier wärst und mich abholst, wär das super!" Ich legte auf und überlegte, was ich in der Zwischenzeit noch erledigen müsste: *Den Antrag hier noch abschließen, hmm, vielleicht schaff ich es noch, die eine Liste fertigzustellen. Oh! Und noch die Post wegbringen und eigentlich müsste ich Pipi!* Da der Postraum sich direkt neben der Toilette befand, beschloss ich, schnell den Antrag fertigzustellen, dann die Post wegzubringen, auf dem Rückweg auf die Toilette zu gehen und, bis mein Schatz mich abholt, die Liste zu bearbeiten. Es lief auch alles wie am Schnürchen, bis ich auf Toilette ging! Beim Hinsetzen verschätzte ich mich um vielleicht fünf cm in der Höhe und krachte das letzte Stück voll Karacho auf die Toilettenbrille. Ergebnis: Toilettenbrille gesprungen und Hintern eingezwickt! Aber das Schlimmste entdeckte ich erst, als ich versuchte, wieder aufzustehen: Mein linkes Knie war ausgerenkt und begann höllisch zu schmerzen! Intuitiv tastete ich nach meinem Handy und leichte Panik ergriff mich: Ich hatte es auf dem Schreibtisch liegen gelassen! Ich dachte ja auch, ich sei gleich zurück! Und nun? Kein Mensch mehr da, mein Schatz kam ohne meine Schließkarte nicht ins Gebäude. Und ich? Ich saß mit runtergelassener Hose auf der Arbeit und weinte! So saß ich eine gefühlte Ewigkeit da, bis die Putzkolonne mich fand und mir unter der Toilettentür mein Handy durchreichte! Zuerst rief ich meinen Mann an und danach die Feuerwehr. Dass die mich überhaupt ernst nahmen, war für mich ein Wunder. Denn bei der Schilderung, was passiert war, vermischten sich mein Schmerz und die Idiotie meiner Situation zu einem hysterischen Lachanfall! Vielleicht hat das erst recht die Notlage

23

untermalt, denn keine zehn Minuten später kamen die Rettungssanitäter (mit meinem Mann im Schlepptau) bei mir an! Nachdem die halbe Toilette auseinandergenommen und ich ordentlich betäubt wurde, kam ich ins Krankenhaus. Diagnose: Inlaybruch im künstlichen Kniegelenk! Übersetzung: Bettlägerig bis ein Ersatzteil im Knie ersetzt würde oder, noch besser gesagt, wenn ich nicht innerhalb der nächsten vier Tage operiert würde, war ich im Ar@$&!

„(...) Sie werden in der ganzen Stadt niemanden finden, der Sie früher operieren wird!" Und mit diesen Worten verließ der Oberarzt schnaubend das Zimmer! Ok, was nun? Meine anwesende Mutter drohte, im Selbstmitleid zu zerfließen, mein Mann und meine Schwester warteten telefonisch auf ein Update, aber diese Information wollte ich gar nicht erst weiterleiten, ohne alle Alternativen ausgeschöpft zu haben! Und da kam mir die zündende Idee: Ich würde meinen Haus-und-Hof-Chirurgen anrufen, den, der mich auf die Beine gestellt und seitdem x-mal operiert hatte! Das ganze hatte allerdings gleich zwei Haken: 1. Es war Urlaubszeit und es war somit höchst fraglich, ob er nicht verreist war. Und 2. Selbst wenn er vor Ort war, bedeutete in dem Fall „vor Ort" immer noch 800 km entfernt! Aber hey, was soll's? Sollten die mich doch gegebenenfalls dorthin transportieren und dort operieren. Egal wie, Hauptsache zackig, damit ich nicht die Hochzeit meiner Schwester ruinieren und meine Probezeit nicht mit unnötiger Abwesenheit gefährden würde! Solange ich Mittwochabend wieder zuhause war, wäre alles safe! Binnen Sekunden hatte ich meinen Chirurgen am Telefon: „Hallo BeaBu, lass mich raten: Wenn es nach dir ginge, wäre die OP am besten gestern schon gewesen? Das ist aber auch wirklich ein besch..... Timing!" Und er fing tatsächlich an zu lachen. Meine gesamte Anspannung löste sich in Luft auf: Ja, genau dafür liebte ich ihn, der checkte meine Problematik sofort! Meine Ansprüche waren also doch nicht so abwegig und unverständlich, um mir vorwerfen zu lassen, ich stamme nicht von der Erde! Blieb noch die Frage der Umsetzung. Und als hätte er meine Gedanken gelesen, fuhr er fort: „Ich hab in deiner Nähe einen Studienfreund, der ist Chefarzt im Krankenhaus XY. Ich hoffe nur, er ist nicht gerade im

Urlaub! Ich melde mich gleich wieder bei dir!" Mein Held, der mir den Hoffnungsschimmer gab, den ich so sehr benötigte! Nicht einmal zehn Minuten später kam der rettende Anruf: „BeaBu, lass dich sofort ins Krankenhaus XY verlegen. Herrn Prof. Dr. Chefarzt ist es eine große Ehre, dich noch heute zu operieren!" — *Na geht doch!*

Ganz so einfach war es dann aber doch nicht.

Zwar war der Gesichtsausdruck vom Oberarzt samt Stationsschwester unbezahlbar, als ich sie in Kenntnis setzte, mich verlegen zu lassen, aber mit Entlassung, Transport und Voruntersuchungen, war es bereits 17 Uhr, als sich der Assistenzarzt bei mir meldete und mitteilte, dass, da sich der Tag so in die Länge gezogen hatte, der Chefarzt mich am Montag als erstes operieren wollte, um geistig und körperlich fit zu sein. Ich fing an zu rechnen: *Montag OP, dann Mittwoch Schläuche ziehen und Donnerstag früh entlassen werden. Mist, könnte knapp werden!* Sehr knapp, da die standesamtliche Trauung für Donnerstag elf Uhr angesetzt war. „Richten Sie bitte Ihrem Prof. Dr. Chefarzt aus, ich danke für die schnelle Hilfe, Montag ist mir sehr recht!"

Ja, es war mir recht, denn Montag war bei weitem besser als in sechs Wochen.

Fortsetzung folgt...

III

Willkommen im Süden

„Wer hier herkommt, wird zweimal weinen, wenn er
ankommt und wenn er geht!"
Willkommen im Süden (2010)
„Mamma Mia, wem sagt er das?!"

„LAAAUUUUUUFFFF! Schnell, BeaBu, beeil dich! Siehst du da drüben hinter der Straße den Seiteneingang vom Stadion? Die drei Stufen hoch, da sind wir in Sicherheit!" Blanke Panik sprach aus meiner Mutter. Zuerst verstand ich nicht, was sie meinte, aber dann hörte ich schon die Glocken aus der Ferne hinter uns und es fiel mir wie Schuppen von den Augen: Wie konnte ich nur so auf dem Schlauch stehen! So schnell wir können, liefen wir über die Straße auf den Seiteneingang des Stadions zu. Und da brach hinter uns auch schon die Hölle los...

Die Vorgeschichte...

In den Tiefen der bayrischen Alpen beschloss jemand, eine Kinderklinik in ein wundervolles, malerisches

Städtchen zu bauen. Vielleicht war ihm das Städtchen einfach zu verschlafen, vielleicht aber war es für ihn auch schlicht zu eintönig, jedenfalls war damit spätestens Schluss, als aus dem 1926 ursprünglich erbauten „Kindergenesungsheim der Inneren Mission" im Kampf gegen die Tuberkulose 1952 die größte Kinderrheumaklinik entstand[1]. Seitdem tingeln jährlich tausende junge Rheumatiker aus ganz Deutschland und Europa in die traumhafte Postkartenmotiv-Umgebung, um in den Genuss eines hochkompetenten, interdisziplinär wertgeschätzten und atmosphärisch einzigartigen Krankenhauses zu kommen und zusätzlich die leckeren Cocktails zur bestgelegenen Happy-Hour vom Mexikaner um die Ecke zu schlürfen... und Chaos zu verbreiten. Meine Schwester bezeichnete es mal sehr treffend als „Ferienlager mit Medikamenten". Als ich jedoch damals mit 14 Jahren zum ersten Mal dorthin kam, war ich alles andere als begeistert. Ich war eine an den

---

[1] Quelle:
http://www.rheuma-kinderklinik.de/flipping/jubilae um/

29

Rollstuhl gefesselte, von allen Seiten abhängige Großstadtgöre in der tiefsten Provinz. Und obwohl ich mir im Vorhinein ziemlich viel von dem Aufenthalt versprochen hatte, war ich not amused zu erfahren, dass ich beim Erstaufenthalt sechs bis acht Wochen in diesem Kaff verbringen darf. Am Ende wurden es sogar zweimal acht Wochen mit einer Unterbrechung, als sie mich für zwei Wochen nach Hause entließen.

Zugegebenermaßen blieben zumindest für die ersten zwei Wochen meine Mutter und meine kleine Schwester in einem Apartment vor Ort. Die darauffolgenden Wochen schaffte sie es, jeden Freitag 700 km zu mir hoch (bzw. runter) und sonntags wieder zurück nach Hause zu fahren. Freitags schaffte sie es sogar mir immer noch einen Gutenachtkuss zu geben. Samstags und sonntags holte sie mich nach dem Frühstück ab und wir verbrachten die Tage außerhalb der Klinik, bevor sie sonntags am späten Nachmittag wieder 700 km nach Hause fuhr. Immer mit meiner kleinen Schwester im Schlepptau, manchmal auch zusammen mit meinem Vater oder ab und zu in Begleitung meiner Großeltern – einmal sogar mit allen zusammen.

Derweilen gab es unter der Woche ein ziemlich striktes Programm: Abgesehen von festen Essenszeiten mit Medikamenten und anschließender Zwangspause von 15 Minuten, um die Gelenke mit Kühlpacks zu temperieren, war man selbständig für seine Termine im Haus, für tägliche Physiotherapie, Ergotherapie, Massagetherapie, Elektrotherapie und Schwimmen verantwortlich. Von Montag bis Freitag gab es vom Sozialdienst immer ein Abendprogramm, an dem man sich freiwillig beteiligen konnte. Meistens waren es irgendwelche Unternehmungen wie Billard spielen, Videoabende, Kinobesuche oder Kickerturniere. Und die restliche Zeit dazwischen konnte man machen, was man wollte, und als minderjähriger Jugendlicher auch die Klinik tagsüber verlassen, natürlich nur mit schriftlicher Erlaubnis der Eltern. Man musste nur seine Termine einhalten, zu den Mahlzeiten vor Ort sein und sich bis 20.00 Uhr wieder auf Station melden (als Volljähriger um 22.00 Uhr zur Klinikschließzeit). Dann konnte man einkaufen gehen, die Stadt unsicher machen, die

Umgebung erkunden, an den See fahren und und und... Aber das Tollste waren immer die Freunde, die man in der Klinik fand, mit denen man dann die Termine und die Freizeit zusammen gestalten konnte. Manche von den damals geschlossenen Freundschaften blieben auf Dauer bestehen, andere trafen sich immer wieder nur dort, manche stimmten ihre Aufenthalte miteinander ab und manche hatten den typischen Ferienlager-Charakter: „Wir werden immer beste Freunde bleiben und ich werde dir ganz oft schreiben und wir telefonieren" – und noch bevor man zu Hause ankam, wusste man, dass das nie passieren würde. Nach meinem ersten Aufenthalt fuhr ich noch ein paar Jahre jährlich zur Kontrolle und irgendwann war ich so gut eingestellt, dass ich nicht mehr hin musste.

Bis zum Sommer, als ich mit 25 Jahren wieder hinfuhr. Meine Medikamente mussten neu eingestellt werden und nach langem Hin und Her waren die Ärzte in meiner geliebten Großstadt mal wieder unfähig und ich beschloss: *Die Kinderklinik ist immer eine Reise wert!* Sobald ich den Fuß über die Schwelle der Klinik gesetzt hatte, verfiel ich zurück ins

Teenagerdasein. Ich schloss mich einer witzigen Gruppe von 16- bis 21-Jährigen an und hatte so viel Spaß wie damals. Wir erledigten unsere Pflichttermine gemeinsam, gingen Cocktails trinken und fuhren an den See zum Schwimmen. Selbst meine Mutter kam mich wieder am Wochenende besuchen.

Und so begann das oben beschriebene Actionfilm- Szenario...

Meine Mutter holte mich am Samstag wie gewohnt nach dem Frühstück ab und wir erkundigten uns bei meiner Lieblingskrankenschwester nach einem netten Restaurant zum Mittagessen, was wir vielleicht noch nicht kennen würden. Etwas uriges, vielleicht auch etwas weiter weg, vielleicht mit Aussicht. Da fiel ihr ein passendes oben auf einem kleinen Berg ganz in der Nähe des Eishockey-Stadions ein. Wir nahmen uns ein Taxi und 20 Minuten später waren wir dort. Es war traumhaft. Das Wetter war toll, die Aussicht bombastisch und das Essen war vorzüglich. Beim Verlassen entdeckte ich ein Schild, auf dem der Wanderweg den Berg hinunter zum Eishockey-Stadion beschrieben war und noch bevor wir uns wieder ein Taxi riefen, sagte ich: „Warte mal kurz, Mama, ich will mir das mal näher ansehen!" Wir gingen um das Restaurant herum, wo der Wanderweg startete und ich schaute, soweit ich konnte, in den Weg hinein. Ein schmaler befestigter Weg, links Wald, rechts Klippe mit herrlicher Aussicht. „Liebling, du weißt schon, dass wir uns nicht auf halber Strecke ein Taxi rufen können?" – „ Ja, Mama, aber schau: Da sind überall Sitzbänke. Ich geh davon aus, dass sie den ganzen Weg nach unten alle paar Meter eine aufgestellt haben und selbst wenn nicht, dann gehen wir einfach ein wenig spazieren und kehren wieder hierher zurück und rufen uns dann später das Taxi hier hin." Meine Mutter war begeistert, so viel freiwilligen Bewegungsdrang musste sie einfach unterstützen und wir gingen los. Die ersten 100 Meter konzentrierte ich mich mehr darauf, nach einer Bank Ausschau zu halten, aber da mein Verdacht sich schnell bestätigte und alle paar Meter eine in Sicht kam, entspannte ich mich und genoss das herrliche Wetter, die malerische Aussicht und die nette Konversation mit meiner Mutter. Bald kam ein Schild, das die Hälfte des Weges kennzeichnete.

Danach wurde der Weg allmählich breiter, links und rechts wurde aus Wald und Hang immer mehr Wiese und Tal, und als mir allmählich bewusst wurde, dass wir ja bald da sein müssten und ich mich immer noch nicht einmal hingesetzt hatte, blieb meine Mutter mitten in dem Satz, den sie gerade noch sprach, abrupt stehen. Eine riesige Kuhherde erstreckte sich von den beiden Wiesen links und rechts des Weges über den Weg. Die standen da und grasten. Was jetzt? Abgesehen davon, dass meine Mutter ziemliche Angst hat vor Pferden, Kühen und eigentlich jedem Tier, das größer ist als ein Bernhardiner, gab es aufgrund der Größe der Herde auch keine Möglichkeit, außen rum zu laufen, und zurückzugehen kam gar nicht in Frage, schließlich waren wir fast unten. „Schau mich an, Mama! Wir machen es jetzt ganz langsam. Ich hake mich bei dir unter und du schließt die Augen oder konzentrierst dich nur auf deine Füße, als hättest du Scheuklappen an und könntest außerhalb deiner Füße nichts sehen, und ich führe uns da ganz behutsam durch!" Mit weitaufgerissenen Augen und unfähig, auch nur einen Piep von sich zu geben, nickte meine kreidebleiche Mutter mir langsam zustimmend zu. Da mussten wir nun beide durch. Gesagt, getan. Ich hakte mich bei ihr ein und führte uns unversehrt durch die Herde. Am anderen Ende stand der Hirte und nickte uns freundlich zu, und knapp einen Kilometer weiter war auch schon das Stadion zu sehen. Glücklich, aus der Herde raus zu sein und das Ende des Weges vor Augen zu haben, wollte ich gerade gemütlich weiterschlendern, da merke ich, wie meine Mutter an meinem Arm zieht und zerrt. Ich rollte innerlich mit den Augen und dachte mir, sie wollte einfach schnell den Abstand zwischen sich und der Herde vergrößern. Das war es dann jedenfalls mit der Gemütlichkeit, und im etwas schnelleren Schritt kamen wir am Ende des Weges und somit auf der anderen Straßenseite des Stadions an. *Hier kann uns jetzt das Taxi abholen, ich gehe nicht einen Zentimeter weiter!*, ging es mir durch den Kopf und ich blieb stehen. Da brüllte mir meine Mutter panisch entgegen: „LAAAUUUUUFFFF!", und fing an, an mir rumzuziehen und zu zerren, und auf einmal hörte ich die Kühe hinter uns den Berg runter donnern.

Wir schafften es in letzter Minute, uns im Seiteneingang vom Stadion vor der Herde in Sicherheit zu bringen und beobachteten die Kühe, die wie vom wilden Affen gebissen den Berg runter donnerten, auf die Straße liefen und erst kurz vor uns abbogen. Mein Herz klopfte bis zum Hals. Wäre ich auch nur eine Minute langsamer gewesen oder hätte der Hirte auch nur etwas früher seinen Rückweg angetreten, wären wir eiskalt unter die Hufe gekommen.

Als auch die letzte Kuh endlich weg war, trauten wir uns aus dem Eingang und riefen uns ein Taxi. Da mittlerweile Abendessenszeit war, fuhren wir direkt zur Happy Hour zum Mexikaner, danach verabschiedete sich meine Mutter von mir und ich betrat kopfschüttelnd und lachend die Kinderrheumaklinik: *Hmmm... dagegen loost die Geschichte, wie ich mich hier in der Zufahrt vom Kinderkrankenhaus halb nackt auf ein Motorrad geschwungen habe, aber gehörig ab.*

Ich sagte doch: Ferienlager mit Medikamenten, immer eine Reise wert!

IV
Von der Fähigkeit und Unfähigkeit von Ärzten

„Meine Lebensgeschichte ist nichts für schwache
Nerven!"
Spiderman (2002)
„Was man wohl zu meiner sagen würde???"

„BeaBu, du wirst es nicht glauben, aber seitdem ich mit meinem Dr. McDreamy verheiratet bin, erzählt er mir Geschichten von seiner Arbeit im Krankenhaus, da stehen einem die Haare zu Berge!" Meine Freundin lebte seit Jahren im Ausland, hatte dort einen Neurochirurgen geheiratet und war auf Heimat-Urlaub. Also saßen wir wie üblich an meinem Esstisch bei einer spannenden Partie Backgammon und tauschten uns über die Geschehnisse seit ihrem letzten Besuch aus. Ich zog meine Augenbraue hoch: Ich soll nicht glauben, was Ärzte so für einen Müll fabrizieren können? Zugegeben, bei ihren Geschichten rollten sich selbst mir die Fußnägel ein, aber so weit hergeholt waren die Ereignisse für deutsche Ärzte auch wieder nicht. „Wem erzählst du das?!" Ich fing an, zu lachen und meine Freundin schaute mich skeptisch an. Der Prozess, der letztlich darin mündete, dass ich wieder laufen kann, wurde durch einen sehr renommierten Chefarzt Prof. Dr. Fabelhaft, der sich selber überschätzt hatte, in Gang gesetzt. Der hat dann versucht, seine Schuld auf uns zu schieben, indem er doch tatsächlich uns beschuldigte, ihm gefälschte MRT-Bilder untergeschoben zu haben. Abgesehen davon, dass jedes Mal, wenn mir jemand diesen Chefarzt Prof. Dr. Fabelhaft als DEN Experten für eine OP wieder empfiehlt, sich mir meine Nackenhaare sträuben und es mir kalt den Rücken runter läuft, werde ich ihm auf ewig für seine Inkompetenz danken. „Na, meine allererste Knie-OP verlief unter dem Motto: ‚Operation misslungen, Patient neues Leben geschenkt!' Oder besser gesagt, ich hatte Glück im Unglück! Dazu solltest du wissen, dass meine OP von vornherein nur eine zweiprozentige Erfolgschance hatte und die habe ich auch irgendwie getroffen, nur halt eben irgendwie!" Die Skepsis meiner Freundin wandelte sich vor meinen Augen in pure Neugierde und ich fuhr fort: „Die Wahrscheinlichkeit, dass ich meine Beine ganz verliere, war so groß, dass, als ich nach der OP erwachte und diese noch dran waren, es für mich schon ein Erfolgserlebnis war. Dabei bin ich die OP nur angetreten, eben weil es eine zweiprozentige Erfolgschance gab. Alle anderen Ärzte wollten sich an mir gar nicht erst die Finger verbrennen und schlossen eine Operation kategorisch aus (Zitat: ‚Finden Sie sich damit ab, für immer im Rollstuhl zu sitzen!'). Letztendlich war dies der Anstoß, nach jedem Strohhalm zu greifen, der sich uns bot. Somit war es für mich ganz klar, dass, als auch noch ein renommierter Chefarzt Prof. Dr. Fabelhaft mich plötzlich operieren wollte, ich alle Risiken in Kauf nehmen würde. Und ob ich nun im Rollstuhl mit oder ohne Beine saß, war mir im Endeffekt egal, aber ohne Operation würde sich definitiv nichts an meiner Lage ändern." Staunen, Bewunderung, Entsetzen, all das stand meiner Freundin ins Gesicht geschrieben. Nachdem sie einmal Schlucken musste, fragte sie: „WOW BeaBu, aber wie kam er dazu, euch Betrug bei den MRT-Bildern vorzuwerfen?" Und ich erzählte ihr die ganze Geschichte von Anfang an.

„Wie bereits erwähnt, befanden wir uns in einer ziemlich verzweifelten Lage, und uns war allen klar, dass irgendetwas geschehen musste. Ich saß nun seit mehr als zwei Jahren im Rollstuhl. Meine Knie waren so stark deformiert, dass sie sich weder Tag noch Nacht strecken ließen, und belasten konnte ich sie in diesem Zustand auch nicht. Als uns also bewusst wurde, dass mich niemand aus der Situation befreien würde, außer wir uns selber, fingen wir an zu überlegen, was genau die Problematik ist. Letztlich kamen wir zum Schluss, dass es schon ein enormer Fortschritt wäre, wenn man die Knie unter Narkose strecken würde. Ich glaube, damals war die Idee gewesen, sie wirklich nur zu strecken, ohne sie aufzuschneiden, jedenfalls wurde uns dann der besagte Chefarzt Prof. Dr. Fabelhaft empfohlen: ‚Ein Meister auf seinem Gebiet!‘, ‚Wenn einer, dann er!‘, bla bla bla und so weiter und so fort. Jedenfalls wurde ich ihm vorgestellt und er erweiterte unsere Idee auf folgendes: Er öffnet in einer Operation meine Knie und repariert alles, was noch vorhanden ist, dann streckt er sie und schließt sie wieder. Vorausgesetzt, die MRT-Bilder bestätigen seine Vermutung. Fertig,

41

mehr hat er zu den MRT-Bildern nicht gesagt, weder was seine Vermutung war, noch was er sich erhoffte, vorzufinden. Wir sollten einen Termin zum MRT machen und ihm die Bilder zukommen lassen, dann würde er entscheiden, ob und wann er die OP machen wolle. Gesagt, getan! Wir bekamen einen Termin in einer MRT-Praxis und ließen die Bilder anschließend direkt zum Chefarzt Prof. Dr. Fabelhaft schicken. ‚Fabelhaft! Einfach Fabelhaft! Ihre MRT-Bilder zeigen einen intakten Knorpel, eine etwas angegriffene Gelenkkapsel und etwas zerfressene Schleimhäute, aber insgesamt bin ich mit dem, was ich sehe, sehr einverstanden! Ich werde die OP machen!' Zugegebenermaßen waren wir über so viel Enthusiasmus schon etwas verwundert, aber schließlich war er ja der sehr renommierte Chefarzt.

Ich habe den Herrn das letzte Mal kurz vor meiner OP gesehen und seitdem nie wieder!

Nachdem ich in der ersten postoperativen Nacht grausamste Schmerzen und einen fürchterlichen Blutsturz hatte und mit gefühlt tonnenweise Blut- und Plasmatransfusionen vollge- pumpt wurde, behielt man mich für zwei Wochen am durchgehenden Morphintropf auf der Intensivstation. Und nein, es war keine Schmerzpumpe zum selber regulieren, es war wirklich eine zweiwöchig durchgehende Dauerinfusion mit Morphium. Und das mit gerade mal 14 Jahren.

Als sie meine Schmerzen einigermaßen unter Kontrolle hatten und ich wieder auf Station verlegt wurde, kam der bei der Operation assistierende Oberarzt zu uns. Der arme Mann konnte uns kaum in die Augen schauen, als er uns eröffnete, dass sie alle sehr erleichtert sind, dass ich die Operation und ihre nachfolgenden Strapazen überlebt habe, aber der Chefarzt Prof. Dr. Nicht-Mehr-Ganz-So-Fabelhaft wird uns nicht nochmal vor die Augen treten. Er fühle sich aufs Schändlichste belogen und betrogen, denn als er die Knie öffnete, war da gar kein Knorpel, keine Gelenkhaut und keine Kapsel mehr. Es war eigentlich nichts mehr von dem da, was er ursprünglich auf den MRT-Bildern angeblich gesehen hatte, und er könne sich dies nur damit erklären, dass man ihm gefälschte Bilder präsentiert habe. Wie es allerdings zu dieser Täuschung gekommen sein konnte, wollte er jetzt nicht im OP ausdiskutieren.

Der arme Oberarzt, es war ihm sichtlich peinlich, dies wiederzugeben, und man sah ihm auch deutlich an, dass er alles andere als an gefälschte Bilder glaubte. Nach einem tiefen Seufzer fuhr er jedenfalls fort, dass die Streckung der Beine dann auf seinem Mist gewachsen war. Der Chefarzt war drauf und dran, die Knie einfach wieder zu schließen und dann habe er (der Oberarzt) vorgeschlagen, dass, nun da die Knie ja schon geöffnet vor ihnen lagen, man doch die letzten Fetzen des Gelenkes bereinigen und die Knie strecken könne. Zumindest würde sich mit gestreckten Beinen die Ausgangslage für gegebenenfalls weitere Eingriffe ändern. Er entschuldigte sich zutiefst, mich solchen Schmerzen und Strapazen ausgesetzt zu haben, und war sichtlich geknickt. Doch was auf seine Entschuldigung folgte, damit hat er überhaupt nicht gerechnet. Denn ich ergriff seine Hand und meine Mutter fiel ihm um den Hals. Eine überschwängliche Dankesbekundung ergoss sich über den Herrn Oberarzt Dr. Für-Uns-Fast-Fabelhaft. Er war die zwei Prozent, auf die ich gehofft und für die wir alle gebetet hatten. Er hat instinktiv die einzige Entscheidung getroffen, die einen weiteren Prozess möglich gemacht hat. Wir wussten es und er wusste es.

Im Laufe der kommenden Wochen wurde ich zur höchsten Priorität des Oberarztes. Leider konnte ich die gestreckten Knie weder mit noch ohne Schienen belasten. Ich konnte sie auch nicht mehr beugen, aber der gute Herr Oberarzt wurde nicht müde, immer neuere Dinge und Ideen vorzuschlagen, bis ich nach sechs Wochen auf gestreckten Beinen erstmal wieder nach Hause entlassen wurde..."

Ich blickte vom Backgammon auf und sehe, dass mir meine Freundin wörtlich an den Lippen hing.

„Jedenfalls, immer wenn mir wieder mal jemand total überschwänglich Chefarzt Prof. Dr. Fabelhaft empfiehlt, dann läuft es mir kalt den Rücken runter: Danke, aber nein danke! So verzweifelt werde ich hoffentlich nie wieder sein!"

Einmal war mehr als ausreichend!

V

Das Beinahe-Hochzeitsfiasko II

„Das Unmögliche zu schaffen, gelingt einem nur, wenn
man es für möglich befindet!"
Alice im Wunderland (2010)
„Dann wollen wir das doch mal versuchen!"

„Das ist voll traurig, BeaBu! Nach all der Planung und du kannst nicht dabei sein? Es wird ohne dich nicht dasselbe sein, deine Abwesenheit wird alles überschatten!" Wütend schmiss ich mein Handy aufs Krankenhausbett und mich gleich mit in die Kissen zurück. Au, mein Knie, das hatte ich wohl so theatralisch sein lassen sollen, aber ich hasste dieses dumme Knie in diesem Augenblick! Ich hasste dieses dumme Krankenhausbett! Ich hasste diese dumme Situation und vor allem hasste ich es, dass ich schon wieder im Mittelpunkt stand, obwohl sich einmal alles nur um meine Schwester drehen sollte! Nicht einmal heiraten konnte das Mädchen, ohne dass ich ihr dazwischen grätschte. Dass meine eigene Hochzeit reibungslos verlief, grenzt für mich unter diesen

Gesichtspunkten erst recht an ein Wunder! Na ja, reibungslos bis auf die Lappalie, dass meine Eltern sich mal wieder so in die Wolle bekamen, dass sie die ganze Fahrt über zum Standesamt über Scheidung schwadronierten. „Ähmm, Pardonnez-moi, aber euch ist schon aufgefallen, dass ihr die nervöse Braut auf eurem Rücksitz befördert?" Da war dann Ruhe im Karton beziehungsweise im Auto.

Jedenfalls traf die Aussage meiner Cousine gerade am Telefon: „Das ist voll traurig, BeaBu", nicht mal ansatzweise, wie ich mich fühlte. Ja, es war traurig, traurig und unfair! Ich versuchte mich an dem einzig tröstlichen Gedanken hochzuziehen: Wenigstens schaffe ich es überhaupt zur Hochzeit! *Wenigstens schaffe ich es überhaupt zur Hochzeit! Wenigstens schaffe ich es überhaupt zur Hochzeit, na ja, vorausgesetzt, alles läuft wie geplant!* Aus meinem Selbstmitleid befreite mich das allerdings gerade eher weniger, denn bei dem Stichwort „läuft wie geplant" ging mir nur die monatelange Planung des heutigen Abends durch den Kopf: Ab 18.00 Uhr Sushi essen, Cocktails trinken und ein paar witzige Spiele auf der Terrasse meiner Eltern, dann um 21.00 Uhr mit der bestellten Stretchlimousine ab auf die Piste zum Party machen...

Wie vom Donner gerührt saß ich plötzlich kerzengerade im Bett: *Heeey, die erste Hälfte des Abends findet auf der Terrasse bei meinen Eltern statt, da steht eine Riesencouch, auf die ich mich legen könnte, und gestern wurde ich in meinem Zustand auch problemlos befördert und ob ich nun hier liege oder da... und wäre ich nicht bettlägerig, so wär ich auch nicht die ganze Zeit im Zimmer. Aber so, hmmm...* Ich klingelte nach der Kranken- schwester. „Ich wollte Bescheid sagen, dass ich später für einige Zeit nicht im Zimmer sein werde. Ich werde mit dem Krankentransport unterwegs sein und ich wollte nur Bescheid geben, damit Sie sich nicht wundern, wohin ein bettlägeriger Patient verschwunden ist!" „Aber BeaBu, das können Sie nicht machen! Versicherung, Krankenkasse, Gefahr bla bla bla!" – „Ich würde gerne den Diensthabenden Arzt sprechen!", unterbrach ich ihren Monolog, und noch während ich auf den Arzt wartete, organisierte ich schon mal den Krankentransporter (70€ hin und zurück,

Selbstzahler natürlich) und weihte meine Mutter in meinen Plan ein. „Aber Mama, das bleibt bitte erst noch unter uns! Also sag bitte noch nichts zu niemandem, wer weiß, ob es überhaupt klappt, und am Ende sind dann doch noch alle enttäuschter als vorher, weil sie sich falsche Hoffnungen gemacht haben!" In dem Moment kam auch schon der Arzt zu mir ins Zimmer. Mit sehr ernster Miene begann er: „BeaBu, wenn Sie das Krankenhaus verlassen, sind Sie im Ernstfall nicht versichert! Sie können sich selbst entlassen, dann werden Sie am Montag aber nicht operiert..." – „Aber ich will mich doch gar nicht selbst entlassen!", fiel ich ihm ins Wort und fuhr fort: „Und natürlich werde ich am Montag operiert, darum geht es doch auch überhaupt nicht! Sie sollen einfach für ein paar Stunden so tun, als wär ich irgendwo im Haus unterwegs. Heißt, wenn jemand in der Zeit in mein Zimmer kommt, bin ich nicht da! Ich könnte ja auch beim Röntgen oder beim Rauchen oder in der Cafeteria sein. Wäre ich nicht bettlägerig, würden Sie auch nicht immer wissen, wo ich gerade bin, schließlich bin ich ja nicht auf einer geschlossenen Station!" Der diensthabende Arzt

49

schaute mich verdutzt an und urplötzlich hellte sich sein Gesicht auf: der Groschen war gefallen! „Ok! Aber wir machen es ganz offiziell: Wir können Sie für ein paar Stunden beurlauben. Eigentlich machen wir das ziemlich selten, und ich glaube, auf dieser Station ist dies auch noch nicht vorgekommen, aber in Ihrem Fall machen wir eine Ausnahme, aber bis 21.30 Uhr sind Sie wieder in Ihrem Bett!" Der anwesenden Stationsschwester fiel die Kinnlade runter, sowas schien wirklich noch nicht vorgekommen zu sein. Und ich, ich konnte mein Glück kaum fassen und musste mich zusammenreißen, damit ich nicht vor Freude völlig ausflippte und mein instabiles Knie gefährdete, dann wäre aus meinem gerade gelungenen Plan doch noch Essig geworden!

„Hey Cousinchen, ich hab ne Riesenüberraschung! Ich bin heute Abend doch dabei, zumin..." KREIIISSSSCHALARM! „OMG!!! Wie tollllll!!! Aber WIE? Und WANN? Und für WIE lange?" Und ich komme nicht mehr zu Wort, da sprudelt es nur weiter aus ihr heraus: „Ist auch alles unwichtig, Hauptsache du hast es hinbekommen. Den Rest berichtest du heute Abend. Ich bin dafür, wir sagen deiner Schwester nichts und überraschen sie damit zusätzlich." Einverstanden! Andere kriegen einen Stripper und meine Schwester bekommt mich – BeaBu, der Überraschungsgast! Ein must have auf jeder Bachelorette-Party!

Pünktlich um 17.00 Uhr holte mich der bestellte Krankentransporter ab und beförderte mich sicher zu meinen Eltern, direkt auf die Couch. Sehr schön, hier würde ich meine nächsten Stunden verbringen. Wir drapierten mich mit Kissen, um mein Knie zu schützen, wie ein Präsent. Damit die Überraschung auch wirklich gelingen würde und meine Schwester mich nicht zufällig entdeckte, wurde sie vorher angewiesen, zur Vordertür des Hauses zu kommen. Dort wurde sie von den Mädels in Empfang genommen und in einer Menschentraube durchs Haus auf die Terrasse geführt. Die Überraschung war perfekt! Sie erblickte mich sogar erst beim zweiten Hinschauen, verhaspelte sich mitten im gerade noch gesprochenen Satz, fing augenblicklich vor Freude an zu heulen und fiel mir um den Hals. Wie gut, dass ich gepolstert war. Vor so viel überschwänglicher

Emotion brachen dann auch alle anderen Anwesenden in Tränen aus, sodass wir danach kollektiv unser Make-up auffrischen mussten. Dann machten wir uns über die Platten an Sushi her, schlürften genüsslich unsere Cocktails und hatten verboten viel Spaß, unter anderem an Privacy und einem Überraschungsvideo meines zukünftigen Schwagers. Pünktlich um 21.00 Uhr kamen sowohl die Stretchlimousine als auch mein Krankentransporter an, und nachdem ich kollektiv verladen worden war, fuhren die Mädels weiter zum Party machen und ich war pünktlich, wie vereinbart, um 21.30 Uhr wieder in meinem Krankenhausbett!

Fortsetzung folgt...

VI
Die „No Houseparty"-Party

„Mr. Stratford, das ist NUR eine Party."
„Und die Hölle ist NUR eine Sauna, hm?"
10 Dinge, die ich an dir hasse (1999)
„Ts, ts, ts, immer diese Väter und ihre Vorstellungen!
Dabei sind wir Töchter doch sooo pflegeleicht!"

„Ist ja witzig, BeaBu! Du kennst mich also erst seit kurzem?! Dabei kenne ich dich bereits seit sieben Jahren!" Ja, nee, ist klar! Wir saßen bei Wein und Durak[2] und redeten, leicht angeheitert, über Gott und die Welt. Plötzlich haute der Kumpel meines Mannes so einen Spruch raus und fing beim Anblick meines verdutzten Gesichtsausdrucks schallend an, zu lachen. *Der Typ verarscht mich doch! Wie soll sowas überhaupt möglich sein? Ich würde es doch wohl wissen, wenn ich jemanden über ein halbes Jahrzehnt kennen würde.* Als hätte er erraten, was mir gerade durch den

---

[2] Definition:
https://de.wikipedia.org/wiki/Durak_(Kartenspiel)

53

Kopf ging, fuhr er fort: „Nein, BeaBu, ganz im Ernst, ich verarsch dich nicht! Ich kenne dich bereits seit Jahren! Besser gesagt seit deiner Gartenparty!" Und nun fing ich an zu lachen: „Ist nicht dein Ernst. Du warst auch da? Oh Mann, ich wusste damals schon, dass die es in sich hat, aber dass ich Jahre später, vielleicht auch irgendwann Jahrzehnte später, immer noch mit neuen Geschichten und neuen Menschen deshalb konfrontiert werde, hätte ich nie gedacht."

Oh ja, meine Gartenparty wurde legendär und ich bereue nicht eine Sekunde dieses Geniestreichs.
Im Gegensatz zu dem, was meine Eltern immer angenommen haben, war die Party wirklich so nicht geplant. Also sie war schon geplant und ich hatte die ganze Zeit auch alles im Griff. Nur wäre es überhaupt nicht dazu gekommen, wenn mein Vater nicht urplötzlich beschlossen hätte, zu sagen: „Wir fahren über das Wochenende nach Paris und ich will nicht, dass du, BeaBu, hier irgendeine Party im Haus feierst!" – „Schon klar, Paps, aber ich hab schon mit Mama besprochen, dass A-Hörnchen und

B-Hörnchen am Samstag vorbeikommen. Nichts Großes, nur die beiden und eine Flasche Wein und etwas Käse!" – „NEIN, DAS ERLAUBE ICH NICHT!", donnerte es aus heiterem Himmel aus ihm raus. Wieso und warum konnte er mir nicht erklären. Er wollte es einfach nicht. Ich hätte es nachvollziehen können, hätte er mir auch nur irgendeinen Hinweis auf das Wieso gegeben. Aber anscheinend ging es hier um irgendein Prinzip, was mir entgangen war. Denn eigentlich hätte nichts dagegen sprechen dürfen. A-Hörnchen und B-Hörnchen waren schon öfter da gewesen und wir waren auch ziemlich vernünftig, schließlich waren wir mittlerweile alle volljährig, kurz vor unserem Schulabschluss und nach dem Sommer wollte ich sogar ausziehen. Ich hatte in diesem Haus schon so viele erlaubte und nicht erlaubte Partys gehabt, dass es mir eigentlich für den Rest meines Lebens gereicht hätte.

Aber es war Sommeranfang und A-Hörnchen und B-Hörnchen wussten schon seit Wochen, dass meine Eltern das kommende Wochenende nicht da sein würden und wie gesagt: Wir freuten uns darauf, es uns mit einer Flasche Wein auf der Terrasse im Garten

gemütlich zu machen. Es war auch von meiner Mutter abgesegnet. „Ist mir egal, was Mama gesagt hat. ICH sage: Keine Party im Haus, BeaBu!" – „Aber das ist doch keine Party, Papa! Es sind doch nur...!" – „Keine Party im Haus!", unterbrach er mich wie ein Papagei. Mit zusammengekniffenen Augen schaute ich ihn an, mir war gerade eine interessante Kleinigkeit aufgefallen und ich brauchte die Bestätigung: „Du bist dir sicher, Paps? Keine Party im HAUS?!" Und ich fing an, zu beten, dass er seinen Fehler nicht doch noch bemerken würde, wo ich ihn gerade so heftig darauf aufmerksam gemacht hatte. Und er wiederholte ganz langsam, als wäre ich schwachsinnig: „KEINE!" *ja, ich verstehe* „PARTY!" *oh, bitte bitte sprich weiter* „IM!" *JACKPOT* „HAUS!" *und jetzt aber bitte nicht weiter reden*, und er hörte tatsächlich auf. Ich versuchte, ein Lächeln zu unterdrücken. „Ich hab verstanden! Mach dir keine Sorgen, es wird keine Party im Haus geben!"
Keine Minute später war folgende SMS an A-Hörnchen und B-Hörnchen raus: „Sorry, Planänderung! Gemütlich ist doch nicht! Stattdessen Big Party bei mir im Garten! Sagt es allen, die ihr

kennt: Jeder kann mitbringen, wen er will! Nur gibt es drei Regeln: 1. Keiner darf ins Haus, außer zum Pipi machen! 2. Es wird nichts kaputt gemacht und 3. Es wird nicht gekotzt! Wer dagegen verstößt, fliegt sofort! LG" Und die nächste ging direkt an einen anderen guten Freund hinterher: „Hey Großer, ich brauch dich und dein Auto am Freitag für einen Einkauf im Großmarkt! Samstag, Big Party bei mir im Garten! Sag allen Bescheid! Details gibt's später! CU" Aber wie kauft man für eine Party ein, bei der man nicht weiß, ob zwei oder 200 Leute kommen werden? Im Großmarkt entschieden wir uns für einen Grundstock aus acht Kästen Bier, zwölf Litern Vodka, neun Sixern Cola, 50 Bratwürstchen, sechs Paketen Pommes, einem Zwei-Liter-Eimer Mayo, einem Zwei-Liter-Eimer Ketchup und einem Ein-Liter-Eimer Senf, dazu drei große Säcke Grillkohle und ein extra Sixpack Bier, um die Haushaltshilfe zu bestechen, am nächsten Tag alles aufzuräumen und nichts meinen Eltern zu verraten.

Und dann wurde es auch schon Zeit für die Party.

Meine ursprüngliche Befürchtung, dass ich zum Schluss mit den üblichen Verdächtigen auf meinem Grundstock sitzen bleiben würde, bewahrheitete sich nicht, als sich nach und nach mein Garten mit bekannten und unbekannten Gesichtern füllte. Es hatte sich rumgesprochen, dass es eine reine Gartenparty wird und alle ankommenden Gäste kamen direkt durchs Gartentor herein. Alle wurden direkt mit meinen drei Regeln indoktriniert und zu meiner Freude, hielten sich auch alle strikt daran. Irgendwann waren wir so viele, dass ich allerdings den Überblick verlor, wer alles da war, aber solange alles friedlich war und alle Spaß hatten (und meine drei Regeln beachteten), war mir das auch schlichtweg egal! Alles war super, bis sich um 2:00 Uhr in der Früh ein feuchtfröhliches Grüppchen auf den Heimweg machte und an der nächsten Straßenecke irgendein Tumult losbrach. Ich weiß bis heute nicht genau, was da passiert war, aber plötzlich hieß es, die Polizei wurde zur Straßenecke gerufen. Binnen fünf Minuten hatte ich daraufhin die Party aufgelöst. Bis die Polizei an der Straßenecke ankam, war bei uns schon tote Hose. Mein jetziger Schwager war damals so geistesgegenwärtig und stellte sich direkt vor unser Haus, damit die Polizei auch ja nicht die Überreste der Party erblicken konnte und erklärte den herannahenden Polizisten, wir wüssten gar nicht, was da los war, wir hätten bei uns nur nett gegrillt und er wolle einfach auch nur kurz schauen, was da wohl passiert ist! Alles ganz friedlich!

Am nächsten Tag stellten wir den Garten wieder auf Werkseinstellung zurück, wir beseitigten also zusammen mit der bestochenen Haushaltshilfe alle Beweise und als meine Eltern am Montag wiederkamen, war von der Party nichts mehr zu sehen. Wieder sagte mein Vater: „Na BeaBu, ich hoffe du hattest keine Party im Haus!" Ich musste nicht mal lügen: „Aber natürlich gab es keine Party im HAUS, Paps!" Und das wäre das perfekte Ende der Geschichte gewesen. Aber...

Wenn da nicht noch die netten Nachbarn wären...

Zwei Wochen später kam mein Vater am Sonntagmorgen brüllend vom Brötchen holen wieder: „BEABU!!!! BIST DU DENN DES

59

WAHNSINNS?! SOGAR DIE POLIZEI WAR DA! DU HAST MICH ANGELOGEN! DU HAST GESAGT, ES GAB KEINE PARTY IM HAUS!" „Ähmmm Papa, es gab keine Party im Haus!" „WILLST DU SAGEN, DER NACHBAR LÜGT???" Oh Mist, der blöde geschwätzige Nachbar, dem war es bestimmt eine besondere Freude, meinem Vater dies unter die Nase zu reiben. So eine miese Petze, wieso mussten sie sich auch unbedingt beim Brötchen holen über den Weg laufen? „Nein Paps! Der Nachbar lügt nicht! Aber es gab keine Party im HAUS! Es war eine reine GARTENPARTY! Kein Mensch war im Haus, außer zum Pipi machen! Es ist nichts kaputt gegangen! Es ist alles sauber und die Polizei war auch nicht wegen uns da!" Na ja nicht direkt, aber das sollte ich ihm vielleicht nicht gerade jetzt auf die Nase binden. Meinem Vater stand vor Wut der Schnurrbart zu Berge und mit zusammengekniffenen Augen fiel ihm nichts zu erwidern ein! Schnaubend und wortlos holte er die Brötchen raus und wir setzten uns zum Frühstück hin.

P.S.: Ich hoffe, meine zukünftigen Kinder werden diese Geschichte niemals lesen. (Hahaha)

VII

Das Prinzesschen und der Freak

„Manchmal liebt man einen Menschen ausgerechnet
wegen der Gründe, die dagegen sprechen! Und
manchmal liebt man einen Menschen nur, weil man
sich bei ihm zuhause fühlt!"
Bridget Jones' Baby (2016)
„Und manchmal liebt man einen Menschen wegen
seiner Selbst!"

ER lief den ganzen Tag neben mir! Es mag für viele nichts Besonderes sein, aber das war das Erste, was mich an IHM besonders beeindruckt hatte, ER lief einfach neben mir.

Wir waren auf Abschlussklassenfahrt und ER kam zusammen mit einem Freund extra für einen Tag dazu, um alle seine jahrelangen Mitschüler wiederzusehen, schließlich war es sein Jahrgang gewesen, bevor ER für ein Jahr verschwand.

Den ganzen Tag über, egal, wo wir hingingen, stand ER im Mittelpunkt, aber während wir alle von A nach B liefen, passte ER sich meinem

Schneckentempo an. Alle anderen waren nach kürzester Zeit wieder mal meilenweit voraus. Dabei tat ER dies so unauffällig und selbstverständlich, als wäre es das Normalste auf der Erde, eine Schnecke zu sein.

Da ist ER mir zum ersten Mal wirklich aufgefallen. Ich meine, so richtig, ich hatte ja auch genügend Zeit, IHN näher zu betrachten. ER war groß, hatte ein interessantes Gesicht, etwas zu hager für meinen Geschmack, aber noch ok. Seine langen blonden Haare, seine Doc Martens und sein brauner Ledermantel waren eh charakteristisch für IHN. Aber vor allem mochte ich seine blaugrünen gütigen Augen, die mich unmittelbar an die See erinnerten. Von IHM ging eine unbeschreibliche Aura der Geborgenheit aus. Ich weiß noch, wie wir über Musik, Da Vinci und Shakespeare sprachen und ich weiß noch, dass ich in dem Moment bewundernd feststellte, wie angenehm eine Konversation mit IHM ist.

Das zweite Mal, dass ER meine Aufmerksamkeit auf sich zog, war noch am selben Abend: Ich hatte gerade erfahren, dass ich in meinem stärksten Fach im Abitur durchgefallen war und für mich war klar, dass ich demzufolge überall durchgefallen sein musste. In diesem Moment verabschiedete sich mein Verstand und packte mein Gehirn in Watte. Mit einem Mal war ich alleine in einem Raum voller Menschen und registrierte nichts, außer meinem eigenen Herzschlag in meinen Ohren. Das war einfach nur ein Alptraum. *Wie konnte das passieren?* Wie in Trance ging ich auf den Tisch mit den ganzen Getränken zu. Einfach nur um... ja was eigentlich? Ich weiß nur, als nächstes stand ER neben mir, griff durch den Nebel nach meiner Hand und durch das Rauschen in meinen Ohren klang seine sanfte Stimme: „Nichts im Leben kann so schlimm sein, um sich alleine zu betrinken!" Ich registrierte weiterhin nichts und niemanden, bis auf IHN und seine Stimme. So gab es für den Moment nur uns beide, wie in meinem persönlichen Bubble.

Das dritte Mal, dass ich IHN bemerkte, war Monate später und wieder war ich in einer persönlichen Krise. Vor wenigen Wochen war ich in meine erste eigene Wohnung gezogen und prompt von einer flüchtigen Bekanntschaft ganz blöd sitzen gelassen worden.

Jedenfalls lag ich schluchzend auf meiner Couch und versuchte, mich von dieser blöden Trennung zu erholen, als mich plötzlich mein ICQ mit einem vertrauten „Ohoh" zu meinem Computer lockte. ER hatte mich angeschrieben und zu meiner eigenen Überraschung freute es mich sogar, denn wieder spürte ich dieses Gefühl von vertrauter Geborgenheit. Obwohl ich wieder niemanden um mich haben wollte, merkte ich sehr schnell: Für IHN galt das nicht.

Und ganz plötzlich waren wir Freunde!

Von den ursprünglichen Vorurteilen, die wir bis zur Klassenfahrt noch voneinander hatten (das Prinzesschen und der Freak), war bis zu dem Moment, als ER mich nach der Trennung über ICQ auf einen Kaffee einlud, nichts mehr übrig geblieben. Wir waren wie eine Seele in zwei Körpern, nur wollten wir es damals noch nicht wahrhaben. Wir waren nur Freunde. Nicht mehr und nicht weniger. Gute Freunde! Platonische Freunde, die einen Monat lang fast keine Minute ohne einander verbrachten. Wir sahen uns in der Schule und trafen uns am

Nachmittag. Wir telefonierten stundenlang und ich schlief regelmäßig nachts mit seiner Stimme am Ohr ein, weil keiner von uns auflegen wollte.

Im November, also ein halbes Jahr nach der Abschluss- klassenfahrt, fuhr ich ans andere Ende von Deutschland, um meinen anderen besten Freund zum Geburtstag zu besuchen. Jedes Jahr kam er zu meinen Geburtstagen in die Großstadt. Diesmal ergriff ich also die Möglichkeit und fuhr zu ihm. Nach vier Tagen „Party nonstop" setzte mich mein bester Freund tatsächlich mit den Worten in den Zug: „Entweder, du bringst nächstes Mal deine bessere Hälfte direkt mit oder du lässt gefälligst dein Telefon zu Hause!" In dem Moment schlossen sich auch schon die Zugtüren, wie in einer Filmszene. Und mit verdutztem Gesichtsausdruck fuhr ich langsam vom Bahnsteig. Was sollte das denn bitteschön heißen? Unterm Strich bin ich doch sogar extra ans andere Ende der Menschheitsgeschichte gereist, um vier Tage rund um die Uhr an seinem Geburtstags-Party-Marathon mitzumachen! Komisch, was zur Hölle meinte er nur damit?

Aber hey, ich hatte für die nächsten Stunden viel Zeit zum Grübeln. Vor allem, weil ich absolut keinen Handy-Empfang im Zug hatte.

Ich ließ das verlängerte Wochenende nochmal Stück für Stück Revue passieren:

1. Tag: Mein bester Freund holt mich vom Bahnhof ab, wir fahren was trinken, dann nach Hause, dann auf die Piste etc. etc.

2. Tag: Freunde treffen, essen gehen, Party machen, etc. etc.

3. Tag: Frühstücken, seine Verwandten treffen, Abschiedsparty, etc. etc.

4. Tag: Rückreise mit überraschender Ansage.

Hmmm... Was hatte ich übersehen?

Schließlich würde mein bester Freund sowas nicht sagen, ohne dass da in seinen Augen nicht was Wahres dran wäre. Wenn ich durch seine Augen sah... Wenn ich durch seine Augen sah... ok das war blödsinnig und machte keinen Sinn: Ich sah nichts anderes als unseren Tagesablauf. Dann ging ich seine Aussage zum tausendsten Mal durch. Diese blödsinnige

Formulierung nervte. „Bessere Hälfte" – *Was soll denn das heißen? Das ist doch nicht meine bessere Hälfte! Wir sind doch NUR Freunde.* Zugegeben etwas klettenhaft, aber wer wird denn schon urteilen?! Und wieso sollte ich überhaupt mein Telefon zu Hause lassen? So oft hatte ich doch gar nicht telefoniert! Als müsste ich mir selber meine Gedanken beweisen, schaute ich auf meine Anrufliste.

Und ganz plötzlich waren wir „mehr"...

WAAASSSS??? Da muss ein Fehler vorliegen, das ist absolut unmöglich!!! Wenn es nach der Anrufliste ging, hätte ich ja fast die ganze Zeit am Telefon verbracht, aber das konnte ja wohl nicht sein. Ich war schließlich beim Geburtstag meines besten Freundes gewesen.

Und mit einem Mal sah ich es doch mit seinen Augen: Ich, überall dabei, aber ständig mit Handy am Ohr. Ich biss mir auf die Unterlippe. Das konnte doch wohl nicht wahr sein! Es war in den letzten Wochen so selbstverständlich geworden, mit IHM zu telefonieren, dass es mir anscheinend nicht mehr auffiel, wenn ich es tat. Wie peinlich, mein armer bester Freund! Da fuhr ich einmal in 100 Jahren extra zu ihm zum Geburtstag und war anscheinend trotzdem irgendwie nicht da. Anstatt meinem besten Freund meine ungeteilte Aufmerksamkeit zu schenken, hatte ich fast nonstop am Telefon gehangen. Aber warum? Ich meine, es war ja nicht so, als ob ich nicht mal 24 Stunden ohne IHN verbringen konnte, schließlich waren wir ja nur Freunde. Aber wann hatte ich denn bitte das letzte mal 24 Stunden nichts von ihm gehört oder gesehen? Und wenn wir doch nur Freunde waren, wieso konnte ich es kaum erwarten, ihn wiederzusehen? Nicht mal bis zum nächsten Morgen in der Schule? Und warum hörte ich nicht auf zu grinsen? Tausend weitere Gedanken dieser Art waren nötig, bis ich zur größten Erkenntnis kam, nämlich dass die Antwort nur lauten konnte: Weil wir keine Freunde waren! Wir waren wahrscheinlich von vornherein nicht einfach „nur" Freunde gewesen!

Ich stieg aus dem Zug und fuhr direkt zu ihm. Einmal die große Erleuchtung gefunden, wollte ich Ungeduldsmensch nicht eine Minute länger warten. Ich musste wissen, ob es nur mir so erging oder ob es beidseitig war. Und das war es. Einmal ausgesprochen, gab es keinen Zweifel daran: Wir waren schon immer „mehr" gewesen! Glücklich fielen wir uns in die Arme und haben uns seit fast zwölf Jahren nicht mehr losgelassen.

Na ja – natürlich metaphorisch gesprochen.

VIII
Das Beinahe-Hochzeitsfiasko III

„Ich mache ihm ein Angebot, das er nicht ablehnen kann!"
Der Pate (1972)
„Er vielleicht nicht! Ich schon! Sieh auf meinen Mund:
‚NEIN!' Capisce?"

„Die Operation ist gut verlaufen, jedoch habe ich wegen des Zeitdrucks nur das Inlay ersetzt!" *Wie bitte, was? Hab ich mich gerade verhört? Was gab es denn noch zu tun?* Frisch operiert lag ich schweigend im Krankenhausbett und beobachtete die Chefarztvisite. Ein Schauspiel ohnegleichen: Herr Prof. Dr. Chefarzt stand mit seinem Gefolge aus dem mir bekannten Assistenzarzt und einer Schar Medizinstudenten, die es zu beeindrucken galt, vor meinem Bett und alle hatten ihre Rolle perfekt intus. Der Herr sprach und alle machten beeindruckt „Oh!" und „Ah!", machten ein kluges Gesicht oder versuchten zumindest, ein nicht allzu dummes zu machen und alle nickten fleißig an den richtigen Stellen.

So, dann fahret fort: die Bühne gehört dem Star!

Der Herr Prof. Dr. Chefarzt verkündete, dass, hätte er mehr Zeit gehabt, so hätte er das komplette künstliche Gelenk aus meinem Unterschenkel herausgemeißelt, um es aufgepolstert wieder einzusetzen. Er ging davon aus, dass ich dadurch nicht mehr gehumpelt wäre. Ein beeindrucktes Gemurmel der Studenten setzte augenblicklich ein, während ich angestrengt versuchte, mein vor Entsetzen entgleistes Gesicht unbemerkt wieder unter Kontrolle zu bekommen. *Himmel sei Dank, dass Herr Prof. Dr. Chefarzt sich genötigt gefühlt hat, nur das Nötigste zu tun!, ging es mir durch den Kopf und weiter dachte ich: Es reicht für einen Herrn Prof. Dr. Chefarzt eben nicht aus, einfach mein Knie zu reparieren und mein Held zu sein! Nein, er muss sich natürlich aufspielen, dass er seine Arbeit weitaus besser machen kann als seine Kollegen!* Warum vergesse ich jedes Mal, dass, wenn ein Arzt begriffen hat, was für eine Seltenheit ich bin, sein Wunsch einer eigenen „Signatur" zu dem Kunstwerk überhand nehmen kann und wie gefährlich diese Überschätzung letztendlich für mich werden kann?

In diesem Falle wäre die Wahrscheinlichkeit eines Totalschadens so groß gewesen, dass es mir nur kalt den Rücken runter lief. Hmmm, oder erzählte er das jetzt gerade, nur um seine Studenten zu beeindrucken?

Da grätschte Herr Prof. Dr. Chefarzt in meinen Gedankengang, indem er verkündete: „Aus Rücksicht auf die kommende Hochzeit wurde die OP auf das Nötigste beschränkt und ein neuer OP-Termin auf nächste Woche Dienstag angesetzt. Donnerstag wird BeaBu entlassen und Montag wird sie wieder stationär aufgenommen."

Ich sagte die ganze Visite über keinen Piep. Ich war ihm zu dankbar für die schnelle Hilfe, als dass ich seine Autorität vor seinen Studenten untergraben wollte, indem ich ihn unter anderem gern gefragt hätte, ob man ihm ins Hirn gesch@&€ hatte, sowas überhaupt in Erwägung zu ziehen. Dafür hätte ich noch genug Zeit bis zur nächsten OP und dafür benötigte mein Ego auch kein Publikum. Also bedankte ich mich recht herzlich für die schnelle Hilfe und damit war die Visite zu Ende.

73

Zu GAST bei meinen Eltern

Am Donnerstagvormittag wurde ich, zwar im Rollstuhl, aber immerhin, entlassen. Da es vom Timing nicht ganz aufging, bekam ich eine „Liveübertragung" aus dem Standesamt. Während ich auf gepackten Koffern saß, schickte mir mein Mann kontinuierlich alle paar Minuten aktuelle Videos von der Trauung per WhatsApp. Im Nachhinein stellte sich heraus, dass der Trauungssaal im Obergeschoss ohne Fahrstuhl war und ich mit der „Liveübertragung" besser bedient war als zum Beispiel mein Großvater, der im Auto sitzen blieb, weil er nicht die Stufen hochkam.

Jedenfalls fand der anschließende Empfang bei meinen Eltern im Garten statt.

Ein riesiges Zelt war am Tag vorher aufgebaut worden, in dem alle Gäste nach dem Standesamt Platz fanden. Gleich nachdem die Trauung vorbei war, holte mich mein Schatz ab und wir erreichten die Hochzeitsgesellschaft pünktlich zur Buffeteröffnung. Es war alles super stimmig! Meine Schwester war eine wunderschöne Braut! Das Essen war deliziös und das Ambiente wundervoll!

Weil meine Wohnung keinen barrierefreien Zugang hatte, verbrachte ich die Nacht bei meinen Eltern und am folgenden Nachmittag sollten mein Mann und ich bis Montag ins Hotel einchecken, in dem die eigentliche Hochzeitsfeier am Samstag stattfand.

Am Morgen erwachte ich unsanft aus dem Schlaf. Irgendwas hatte mich geweckt, nur konnte ich nicht genau sagen, was. Es war mehr so ein ungutes Gefühl, so als hätte ich irgendwas vergessen oder als würde irgendwas Schreckliches passieren... aber was? Ich blickte mich im Wohnzimmer meiner Eltern um: Alles friedlich, alles schick. Ich hätte es tatsächlich geschafft und würde bei der Hochzeit meiner Schwester dabei sein *beziehungsweise bin ich schon dabei*, ging es mir durch den Kopf. *Später geht's ins Hotel und nach dem Wochenende...* zitternd wird mir bewusst, dass, wenn ihn niemand aufhielt, der Herr Prof. Dr. Chefarzt nächste Woche mein Bein zerstören würde. Das war mein ungutes Gefühl! Leichte Panik ergriff mich, als ich versuchte, meiner gerade das Wohnzimmer betretenden Mutter meinen aufgelösten Zustand zu erklären.

Nur, interessanterweise sah meine Mutter den Wald vor lauter Optimierungswunsch nicht: „Aber BeaBu, man kann doch alles verbessern! Vielleicht kann er etwas machen, was andere nicht können." – „Klar Mama, und vielleicht können Schweine irgendwann fliegen! Ich bin jedenfalls nicht mehr bereit, unnötige Risiken einzugehen, damit ich gegebenenfalls optisch ein schöneres Gangbild habe."

Diese ganze Diskussion brachte mich auf die Idee, mir eine weitere Meinung zu dem Thema einzuholen, und ich rief wieder bei meinem Haus-und-Hof-Chirurgen an. Schließlich war es ja auch sein Studienfreund, der im Begriff war, gegebenenfalls seine Arbeit zu zerstören. „ER WILL UND HAT VOR WAS ZU MACHEN???", polterte es durchs Telefon. Ja, mein Prof. war entsetzt und fuhr fort: „Ok, ich rufe ihn sofort an und werde anfragen, wie er im Nachhinein verantworten kann, wenn ihm BeaBus Knie um die Ohren fliegt?! Ich werde dabei aber äußerst diplomatisch sein müssen, schließlich hat er uns einen riesengroßen Gefallen getan. Gott sei Dank fühlte er sich unter Zeitdruck und hat das nicht gleich versucht!" Habe ich erwähnt, dass ich meinen Prof. liebe?

Eine halbe Stunde später kam dann die Entwarnung: Die Herren Doktoren einigten sich darauf, dass der Herr Prof. Dr. Chefarzt mich zwar doch noch mal operieren sollte, jedoch ausschließlich, um oberflächlich alles zu bereinigen, was über die Jahre verschlissen war. Ganz harmlos und ohne das Gelenk in seinen Grundfesten zu erschüttern.

Kurzurlaub im Hotel um die Ecke

Sobald mein Schatz mich bei meinen Eltern abgeholt hatte und wir im Hotel eingecheckt waren, war mein ungutes Gefühl schon längst verflogen. Sowie ich eine Hotellobby betrat, vergaß ich den Alltag und fühlte mich wie im Urlaub, selbst wenn sich das Hotel nur wenige Kilometer vom eigenen Zuhause befand. Da ich im Rollstuhl saß, bekamen wir ein barrierefreies Zimmer.

Beim Anblick des Zimmers blieb mir die Spucke weg: Es war doppelt so groß wie ein Standardzimmer mit einem vergrößerten Badezimmer mit einer begehbaren Dusche mit integrierter Sitzbank, die einen ganzen extra Raum einnahm und genug Platz bot, um mit dem Rollstuhl darin Platz zu finden. Nachdem wir uns 20 Minuten im Zimmer auf die Suche nach allen möglichen Gimmicks gemacht hatten (unter anderem fanden wir hinter einer Wand neben der Toilette elegant versteckt einen ausklappbaren Griff), erkundeten wir das Hotel. Prompt fanden wir den Saal, in dem am nächsten Abend die eigentliche Hochzeitsfeier stattfinden würde und erblickten meine Mutter mit ein paar Helfern beim Dekorieren. Wir nutzten die Gelegenheit und schauten uns im Saal um und „präparierten" meinen Sitzplatz. Ich wollte nicht im Rollstuhl am Tisch sitzen und die Problematik lag darin, dass mein Knie geschient war. Dadurch konnte ich es nicht beugen und musste mein Bein hochlagern, sonst rutschte ich seitlich vom Stuhl weg. Also versteckten wir einen kleinen Hocker unter dem Tisch beziehungsweise unter der Tischdecke, auf den ich dann bequem mein Bein lagern konnte. Danach gingen wir was essen und verbrachten einen gemütlichen Abend in der Hotelbar bei Live-Musik.

Am nächsten Abend war es dann auch schon soweit: die eigentliche Hochzeitsfeier!

Ich konnte es immer noch nicht fassen, wie viel Glück im Unglück ich letztendlich gehabt hatte und doch noch überall dabei sein konnte.

Eine halbe Stunde bevor die ersten Gäste kommen sollten, begaben wir uns in den Saal. Ich instruierte die Fotografen und Kameramänner, mich bitte nicht im Rollstuhl abzulichten, sondern lediglich, wenn ich am Tisch sitze. Nicht weil es mir peinlich gewesen wäre, sondern weil mein Zustand in diesem Fall nur temporär war und ich nicht damit verewigt werden wollte. Ich setzte mich auf meinen „präparierten" Platz an der Hochzeitstafel und wartete, bis die Feier losging.

Was ich jedoch nicht bedacht hatte, war, dass, als die 150 Gäste nach und nach den Saal betraten, sie direkt zur Begrüßung auf mich zugingen. Nach dem fünften Gast fühlte ich mich wie der Pate, dem jeder seine Aufwartung macht. Als alle Gäste ihre Plätze eingenommen hatten, führte mein Vater meine Schwester in den Saal und übergab sie meinem Schwager zum ersten Tanz. In dem Moment wusste ich, dass alle Strapazen der letzten Tage es Wert gewesen waren. Das war der Moment, für den ich so gekämpft hatte, und auch wenn es den ganzen Abend etwas in meiner Seele gepickt hat, nicht auf der Hochzeit meiner Schwester tanzen zu können, haben mein Mann und ich es dennoch geschafft, zusammen einen langsamen Tanz stehend zu schunkeln.

ENDE

P.S.: Ich wurde am Montag wieder ins Krankenhaus eingewiesen und am Folgetag operiert. Optimierungsergebnis: Herr Prof. Dr. Chefarzt hat unter anderem einen losen Draht gekürzt, der mir bis dato noch nie Probleme bereitet hatte, mit dem Ergebnis, dass es jetzt jedes Mal, wenn das Wetter wechselt, in meinem Knie blitzt, dass mir schwarz vor Augen wird!
Ach ja, die guten Chefärzte...

IX
Hobbys und andere Schatten der Vergangenheit?!

„Ich verspreche, dass ich mindestens eine Stunde lang verlieren werde!"
Maverick (1990)
„Das ist schwieriger, als es aussieht!"

„Zur Anmeldung reichen Sie bitte eine Kurzbiografie unter Berücksichtigung Ihrer bisherigen Meilensteine und Ihrer Interessen (Hobbys) ein!" Der Text prangte auf meinem Laptop.

Kurzbiografie: Check!

Meilensteine: Check!

Interessen/Hobbys: Problem!

Na ja, Interessen habe ich viele, aber sind das auch gleich Hobbys? Und inwieweit würde es mich weiterbringen, wenn ich angeben würde, dass ich im Winter angefangen habe zu häkeln? War das überhaupt ein Hobby, wenn man etwas nach 20 Jahren zum ersten Mal wieder gemacht, dabei zwei Schals produziert und wieder aufgehört hatte?

81

In meiner Kindheit war mir die Frage nach meinen Hobbys immer die liebste. Die Liste war lang und es gab immer eine Menge anzugeben: Ich fuhr gerne Fahrrad und noch lieber war ich draußen mit meinen Rollschuhen unterwegs.

Ich spielte Klavier, wobei ich damals auf die strenge klassische Ausbildung gerne verzichtet hätte, wenngleich sie mir im Nachhinein aber Tür und Tor zum Musik-Leistungskurs öffnete.

Ich hab jahrelang Jazzdance gemacht und sogar fünf Monate Ballett getanzt.

Aber am liebsten, wirklich am allerliebsten von allem, bin ich geschwommen. Hätte man in einer Pfütze schwimmen können, wäre ich auch da reingesprungen. Ich träumte sogar regelmäßig davon, dass ich eines Morgens auf unseren Balkon gehen würde und über ein Sprungbrett direkt in den Swimmingpool springen würde, den irgendjemand als Ersatz für unseren Innenhof über Nacht dort erbaut hatte.

Schwimmen gelernt habe ich im Kindergarten im Alter von drei Jahren und noch bevor ich vier Jahre alt wurde, hatte ich bereits mein Seepferdchen. Mit sechs Jahren hat mich meine Mutter im Schwimmverein angemeldet und bis ich neun Jahre alt war, hatte ich Bronze, Silber und Gold. Mit elf Jahren schwamm ich 100 Meter Brustschwimmen in unter 1:40 Minuten (mein persönlicher Rekord lag bei 1:38,9) und konnte 25 Meter Streckentauchen. Ich sollte gerade mit den Vorbereitungen für den Rettungsschwimmer beginnen, da erwischte mich mein Rheuma und machte mir einen Strich durch die Rechnung.

Gefangen im eigenen Körper

Wenn es eine Sportart gibt, die für Rheumatiker empfohlen wird, dann ist es Schwimmen. Man treibt schwerelos im Wasser und kann dabei optimal seine Gelenke ohne Belastung durchbewegen. Es steigert somit die Beweglichkeit und stärkt die Muskulatur. Alles schön und gut, aber wenn man, wie ich, dabei ein Immunsystem hat, dass quasi nicht existent ist und man sich bei jedem zweiten Schwimmbadbesuch einen Pilz oder eine Bronchitis oder beides einfängt, dann ist der Kosten- Nutzen-Faktor auch nicht gegeben. Abgesehen davon, dass diese Art von

Schwimmen für mich als ehemalige Leistungsschwimmerin eigentlich nicht zählt. Wobei die interessantere Information darin liegt, dass ich, egal in welchem körperlichen Zustand ich mich befinde, nicht untergehe. Ich hab sogar mal meinen Eltern gegenüber versucht zu beweisen, dass ich nie wieder schwimmen würde...

... Ich war 14 Jahre alt, saß seit knapp einem Jahr dauerhaft im Rollstuhl, hatte einen BMI von 15 und konnte mich ohne fremde Hilfe überhaupt nicht bewegen. Wir waren im Urlaub und ich starrte seit Tagen sehnsüchtig auf den Pool, ohne es wirklich bemerkt zu haben. Der nur allzu vertraute Geruch nach Chlor, der mich schon als Kleinkind ganz ungeduldig auf das Wasser gemacht hatte, umhüllte mich gleichzeitig mit Geborgenheit und tiefer Traurigkeit. Bis zu dem Tag konnte ich mir die Schwere meines dramatischen Zustandes immer noch irgendwie schön reden oder es zumindest versuchen. Im Rollstuhl sitzend und mein Element Wasser so vor Augen zu haben, unfähig, auch nur den kleinen Finger schmerzfrei zu bewegen – da half alles positive

Denken auch nichts. *Nie wieder werde ich schwimmen können. Nie wieder werde ich dieses Gefühl von Schnelligkeit haben. Nie wieder werde ich mich so frei fühlen.*

Ich? Schwimmen? In dem Zustand? Niemals!

Je länger ich versuchte, mir nichts anmerken zu lassen, desto mehr schien das Wasser nach mir zu rufen. Immer lauter, immer verlockender. *Es ist total unnütz! Selbst wenn ich mich ins Nichtschwimmerbecken setzen lassen würde, was soll es bringen?* Als hätte meine Mutter meine Gedanken gelesen, drehte sie sich genau in diesem Moment zu mir um und ließ verlautbaren: „Es wird Zeit, wieder zu schwimmen!"

OMG, ist das ihr Ernst? Jetzt? In dem Zustand? Sie ist nicht ganz bei Trost! „Nie im Leben werde ich je wieder schwimmen! Das funktioniert nicht! Wie sollte das auch? Ich kann mich kaum bewegen! ICH WERDE WIE EIN STEIN UNTERGEHEN!!!", schrie ich sie an. *So, das hat hoffentlich gesessen und sie wird mich in Ruhe lassen. Sie wird ja wohl kaum riskieren, dass ich ertrinke. Oder etwa doch? Hoffen wir*

85

einfach mal, sie schluckt meinen Bluff! Aber wenn nicht: Es wird ja wohl nicht so einfach sein zu ertrinken!? Mit zusammengekniffenen Augen starrten meine Mutter und ich uns an. Anscheinend jede dabei, ihre Optionen abzuwägen und dann hatte sie meinen Bluff durchschaut: Binnen Sekunden stand ich mit meinem Rollstuhl am Beckenrand und zusammen mit meinem Vater setzte sie mich auf den Boden an die Poolwand, sodass meine Füße automatisch ins Wasser glitten.

Und da kitzelte es schon in meiner Seele: dieses Gefühl von „nach Hause kommen". Dennoch wollte ich nicht so schnell aufgeben und protestierte weiter: „Das ist ja nicht mal das Nichtschwimmerbecken. Wenn ihr mich da reinhebt, werde ich ganz sicher ertrinken und wenn nicht, dann sorge ich dafür!" Meine Mutter hob ihre Augenbrauen: „Na das wollen wir doch mal sehen, wie ein Fisch ertrinkt!" Und mit diesen Worten hoben sie mich ins Wasser.

Schwimmen oder nicht schwimmen; Das ist hier die Frage!

Während ich „an Land" noch Zeter und Mordio rief, war es Unterwasser einfach nur himmlisch! Tausende und abertausende Glückshormone durchströmten jeden einzelnen Millimeter meines Körpers und eine unbeschreibliche Gänsehaut folgte auf dem Fuße!

Und immer noch wollte ich nicht nachgeben! Ich wollte zu meinem Bluff stehen und aus Prinzip untergehen (ach ja, diese starrköpfigen Teenager). Ich konnte nicht schwimmen! Ich wollte nicht schwimmen! Sobald ich gänzlich mit Wasser bedeckt war, verschränkte ich meine Arme und Beine und ließ mich auf den Poolboden sinken. Jedoch hatte ich nicht mit dem nächsten Kitzeln in meiner Seele gerechnet: Einmal am Boden angekommen, überkam mich augenblicklich das Gefühl von Sicherheit, Geborgenheit und Ruhe!

So saß ich also Unterwasser, wild entschlossen, meinen Eltern zu beweisen, dass sie unrecht hatten. *Aber was, wenn das nicht so ist?* Meine Gedanken begannen zu kreisen. *Es ist schon klar, dass ich nicht wieder auf Leistung schwimmen werde, aber so im Wasser zu chillen hat schließlich auch was! Aber diese*

87

Genugtuung werde ich ihnen jetzt nicht geben! Die werden schon sehen, was die davon haben, eine wehrlose BeaBu so zu über... Ich kam in meinen Gedanken nicht weiter, denn schwuppdiwupp trieb ich schon wieder hoch, an die Oberfläche.

Aber ich wollte und sollte doch untergehen!

Gleich, was ich tat, es war zwecklos: Stetig trieb ich weiter hoch, bis ich letztendlich die Wasseroberfläche durchbrach und direkt ins Gesicht meiner vor Freude strahlenden Mutter sah. „So", begann sie den Satz, „wenn du jetzt fertig bist mit dem Blödsinn und dir selber bewiesen hast, dass ein geborener Schwimmer nicht so einfach untergeht, kannst du ja jetzt endlich versuchen, ein wenig zu schwimmen!" Und das tat ich dann auch. Na ja, nicht schwimmen, aber mich irgendwie zu bewegen. Plantschen trifft es eher, aber zumindest kam ich vom Fleck.

Lustig: Schwimmen kann ich vielleicht nicht mehr, dafür aber Plantschen – ein Umstand, den ich eigentlich in meiner Schwimmkarriere übersprungen hatte.

Meine Interessen und alten/neuen Hobbys: Ich habe angegeben, dass ich gerne neue Projekte entwickle, in meiner Freizeit gerne schreibe, lese und in den Urlaub fahre.

X

Islands of Adventure - Das Abenteuer schlummert auch für mich überall

„So, deine Abenteuer sind zu Ende!"
„Oh nein! Das Leben... das Leben wird ein furchtbar
aufregendes Abenteuer!"
Hook (1991)
„Na dann, auf auf ins Abenteuer!"

„Schatz, bist du ok? Geht's bei dir, BeaBu?" Trotz Schutzplane war ich pitschnass. „Ich lebe noch und kann mich bewegen!", japste ich durch einen hysterischen Lachanfall und kriegte mich kaum wieder ein. Oh Mann, das mussten die Nerven sein...

Wir standen am Ein- beziehungsweise Ausgang vom Islands of Adventure der Universal Studios Orlando und mir blieb die Spucke weg. „OMG! Schatz, es sieht aus wie in Jurassic Park 1! Du erinnerst dich, als die gerade ankommen und auf dieser großen Lichtung stehen und es diese Kameraführung über den riesigen See gibt? Da, wo direkt gegenüber vom See mittig das

Hauptgebäude steht und um den See alles mit Wald und Dschungel zugewuchert ist? Genau so sieht es hier aus, na ja, bis auf den Unterschied, dass sich statt Wald und Dschungel hier die einzelnen Themenwelten befinden." Wir blickten auf den riesigen See und auf der gegenüberliegenden Seite stand wirklich das Jurassic Park-Hauptgebäude und ein Stückchen dahinter thronte auf einer Klippe Hogwarts.

Kann ich?! Kann ich nicht?! Will ich?! Will ich nicht?! – Das Leben ist ein Gänseblümchen

„BeaBu, du wirst doch wohl eine Runde mit dieser lahmen Bimmelbahn fahren können??? Sieh dich nur mal um: Da sitzt sogar eine Mutter mit ihrem Baby drin!" Das hatte ja auch keine künstlichen Kniegelenke und keine zerfressene Halswirbelsäule, dachte ich mir bissig.

Als ich damals mit knapp 17 Jahren meine „neuen" Gelenke bekam, warnten mich die Ärzte eindringlich davor, zu übermütig zu werden. Ich hatte starke Osteoporose und sie hatten größte Schwierigkeiten, die Gelenke in meine eierschalen- dünne Knochen einzuzementieren. Außerdem erzählten sie mir noch eine Horrorgeschichte von einem Typen, der mit seinen neuen Gelenken vom Traktor gesprungen war, mit dem Ergebnis, dass die Gelenke rausbrachen und er nie wieder laufen konnte. Von den Geschichten, die mir die Ärzte im Bezug auf meine Halswirbel erzählten, ganz zu schweigen. Deswegen war ich auch in den letzten 20 Jahren auf keinem Rummel. Ich darf ja eh nichts fahren, wozu sich dann reizen? Aber die Universal Studios erschienen mir von vornherein als was ganz anderes, schließlich gab es hier auch noch anderes außer Fahrgeschäfte. Wobei so eine kleine Bimmelbahn nun wirklich nicht schaden könnte...

„Aber Schatz, das ist doch voll peinlich! Da sind wirklich fast nur Kleinkinder dabei!", versuchte ich mich ein letztes Mal vor der Bahn zu drücken. „Das ist mir egal! Solange du dich darauf traust, BeaBu, bin ich dabei!" Wir fuhren also im Schildkrötentempo durch die Filmthemen-Welt. „Weißt du, welcher Film das sein soll?" – „Ich glaub, ich hab davon mal was gehört?! Auf deutsch heißt der: ‚Ein Kater macht Theater', glaub ich zumindest."

Nachdem wir uns unversehrt aus den Sitzen geschält hatten, stellte ich fest, dass meine erste Fahrt nach 20 Jahren spektakulärer hätte sein können.

Ob ich es vielleicht doch riskieren sollte?

Mutig ist, wer seine Ängste überwindet

Wie im Mittelalter ist das Dorf Hogsmeade von einer Stadtmauer umgeben.

Sobald man durch das Tor schreitet, erblickt man den Hogwarts Express und man wird von der Titelmelodie von Harry Potter umspült. Das ganze Dorf ist nachgebaut und wir begaben uns auf Erkundungstour.

Als Erstes überredete ich meinen Mann zu einem Butterbier. Absolut scheußlich! Aber dennoch, ich strahlte über beide Ohren: Ich hatte ein Butterbier getrunken!

Als Nächstes kaufte ich mir eine echte funktionierende Schreibfeder und, natürlich, einen Gryffindor-Schal.

Aber das absolute Highlight erwartete uns in Hogwarts!

Das Schloss ist wie ein Museum aufgebaut. Abgesehen von dem ausgestellten Büro von Dumbledore und dem Porträt der fetten Dame, das so echt nach einem realen Ölgemälde aussah, dass es, als es sich plötzlich bewegt hat, mich fast zu Tode erschreckt hatte, gibt es eine multidimensionale Actionfahrt namens Harry Potter and the Forbidden Journey. Das Stichwort hier lautet multidimensional. Es ist keine wirkliche Achterbahn. Also nichts mit Loopings und kopfüber oder so, und das hatte mich im Endeffekt überzeugt! Wir setzten uns auf eine Art Sitzbank im Bücherregal und bekamen einen massiven Achterbahn- Sicherheitsbügel über die Schultern. Da wurde mir schon mulmig und als Nächstes hob sich der Sitz auch noch in die Höhe, so, dass meine Beine in der Luft baumelten.

Ok, keine Panik! Wir sind hier in Amerika, die werden keine Multimillionen-Dollar-Klage riskieren, wenn mir wirklich was zustoßen könnte! Ich hab mich ja extra vorab erkundigt!

Es war der absolute Wahnsinn! Das komplette Sichtfeld wurde durch die verschiedenen Szenerien komplett eingenommen. Egal, wo man hinsah, es war, als ob man die „Landschaften" erkundete. Zusätzlich bekam man durch die ganze Konstruktion ein so realistisches Gefühl, dass man wirklich durch die Geschichte flog, dass man tatsächlich vergaß, dass es nur eine Illusion war. Wir flogen über die Ländereien von Hogwarts. Wurden beim Quidditch angerempelt und begegneten einem Drachen, der echtes Feuer spie, so dass mein Gesicht ganz warm wurde. Ich begegnete Aragog und seinen Nachfahren in ihrer immensen Größe und zu guter Letzt wurde ich fast Opfer eines Dementoren-Kusses.

Obwohl es hin und wieder etwas ruppiger zuging, blieb ich nicht nur unversehrt, ich hatte den Spaß meines Lebens!

„Übermut tut selten gut!" – Mary Poppins (1964)

„Ach Schatz, du wirst doch wohl eine Runde mit diesem lahmen Schlauchboot fahren können?", stichelte ich meinen Mann und fuhr fort: „Zugegeben, es ist keine so harmlose Fahrt wie mit der Bimmelbahn, aber wenn du dich nicht traust..." Keine Minute später schipperten wir mit unserem

Schlauchboot durch die berühmten Tore vom Jurassic Park.

Gemütlich glitten wir über das Wasser und erblickten mal hier, mal da veraltete Dinosaurier-Roboter, bis wir auf ein gigantisches „Lagerhaus" zusteuerten. Plötzlich wurden wir steil auf den Rücken gelegt und einen nicht enden wollenden Berg hochgezogen. Leichte Panik ergriff mich, aber bevor sie überhand nahm, kamen wir in einer überfluteten „Fabriketage" an.

Alles ruhig und in schummriges Licht gehüllt, da begann sich am anderen Ende ganz langsam was zu bewegen und emporzusteigen. Ein gewaltiger, monströser, bestimmt zehn Meter großer T-Rex „erwachte aus dem Schlaf" und baute sich zu voller Größe direkt vor uns auf. Da wurde mir schon ganz anders, aber als er losbrüllte, dass es in meinen Ohren nur so schepperte, wurde mir richtig schlecht. Ich wusste, dass das alles Fake war, ich bin ja auch kein Kind, aber durch die Atmosphäre und die enormen Windmaschinen plus die Tatsache, dass das Boot plötzlich Fahrt aufnahm und direkt auf das Vieh zusteuerte, war mir klar, dass jetzt noch irgendwas passieren würde. Und dann passierten zwei Dinge gleichzeitig. Gerade als wir beim T-Rex ankamen, schnellte das riesige geöffnete Maul auf uns hinunter, um uns zu „fressen", und gleichzeitig rasten wir, wie aus der Pistole geschossen, aus der dunklen Lagerhalle ins grelle Tageslicht einen gigantischen Wasserfall hinunter.

Im „freien" Fall hob es mich leicht aus meinem Sitz und rein intuitiv „klebte" ich mir meine Schultern an die Ohren und verkrampfte total, um meine Halswirbelsäule vor dem kommenden Aufprall zu schützen. Keine Ahnung, ob das richtig war oder nicht! Ich weiß nur, dass ich den wirklich heftigen Aufprall pitschnass und bis auf den schlagartig begonnenen Lachanfall unbeschadet überstanden habe. Sowas mach ich nicht nochmal.

Multidimensional: ja! Sonst: im Leben nicht!

Am Ende des Tages verließen wir fix und fertig, aber glückselig die Islands of Adventure. Vor Müdigkeit konnten wir kaum noch die Augen offen halten und erst als wir im Auto die leere Donut-Schachtel erblickten, fiel uns auf, dass wir seit dem Morgen nichts mehr gegessen hatten. „Jetzt nen Burger und dann ab ins Bett!“

Dem blieb nichts zu erwidern. Außer: „Ob die eigentlichen Universal Studios morgen genauso spektakulär werden?“

XI

Die Symphonie des Grauens

„Magst du Schmerzen? Versuch mal, ein Korsett zu
tragen!"
Fluch der Karibik (2003)
„WOW! Sie erträgt ein Korsett! Sie ist ja sooo tapfer!"

Schmerzen! Unerträgliche Schmerzen! Schmerzen, die
so schlimm sind, dass man nur noch mit dem Kopf
gegen die Wand hauen will, bis sie vergehen!
Schmerzen, die daraus resultieren, dass dir ein
breitgrinsender Psychopath aus purem Spaß an der
Freude nach und nach jedes einzelne Gelenk mit einem
brennenden Vorschlaghammer zertrümmert. Dabei
haut er nicht einfach alles zu Matsch und erlöst dich.
Oh nein! Dann wäre der Spaß für ihn ja vielleicht zu
schnell vorbei! Und so verwandelt sich mein Körper in
ein gigantisches, wimmerndes menschliches Xylophon.
Psssssst, die Symphonie beginnt!

Der Maestro spielt genüsslich virtuos sein Instrument, und das Wichtigste dabei bleibt: mit Präzision! Jeder Schlag trifft mitten ins Schwarze und hinterlässt brennende Wellen des stechenden Schmerzes bis ins Mark! Ein Gelenk nach dem anderen. Eine Klangfarbe ohnegleichen. Gerade wenn man annimmt, dass kein Mensch so viel Schmerz aushalten kann, ohne sich zu übergeben oder ohnmächtig zu werden, wird man eines Besseren belehrt: Die Melodie ist so perfektioniert, ich komme zwar nicht zu Atem, aber ohnmächtig werde ich noch lange nicht. Und jedes Mal, wenn es vorbei zu sein scheint, geht es beim ersten Gelenk wieder los. Und wieder und wieder! Kann mal jemand die Wiederholungszeichen am Ende entfernen? Warum zur Hölle erlöst mich denn keiner? Wo bleibt das Publikum? Ich kann nicht mehr...

Plötzlich: Das Licht geht an, meine Mutter stürmt im Nachthemd und mit verstörtem Gesichtsausdruck in mein Zimmer. Erst da realisiere ich, dass ich schweißüberströmt, heulend und schreiend im Bett liege und mich vor Schmerzen kaum rühren kann. In Windeseile rennt meine Mutter in die Küche, holt Kühlpacks und legt sie mir auf die schmerzenden

Gelenke. Aber sie schmelzen auf meiner überhitzten Haut in Windeseile dahin, ohne Linderung zu verschaffen! Es gibt keine Linderung! Es ist aussichtslos! „BeaBu, wach auf! WACH AUF! Schatz, du hast einen Alptraum! Du bist ja völlig verschwitzt!" – „Ich bin wach und das war kein richtiger Alptraum!", schluchzte ich tränenüberströmt. Entsetzt und völlig erschöpft flüsterte ich: „Sie ist wieder da!", Besorgnis stand meinem Mann auf der Stirn geschrieben. „Beruhig dich, BeaBu! Wer ist wieder da?", fragte er ganz behutsam mit hörbarer Furcht in der Stimme. „Meine höchst eigene Symphonie des Grauens!"

Einmal in 100 Jahren

„Diese Baustellen nerven!" Meine Mutter sah aus, als ob sie in eine Zitrone gebissen hätte, und ich musste lächeln. „Mama, ist dir eigentlich bewusst, dass wir fast auf den Tag genau vor 20 Jahren das erste Mal diese Strecke gefahren sind? Im April 1997!" Das Gesicht meiner Mutter hellte sich auf. „Verrückt, BeaBu! Wieder du und ich! Wieder auf der Autobahn! Und wieder die Berge und die Hoffnung, dass sie dir schnell helfen können!"

Ich blickte aus dem Fenster und erinnerte mich daran, wie mein erstes Arztgespräch ablief:

„Also BeaBu, ich fasse das mal zusammen: Vor etwa zweieinhalb Jahren bist du mit einem geschwollenen linken Kniegelenk aus dem Urlaub gekommen und ein Jahr danach hat man dir deine Diagnose gestellt. Zum Zeitpunkt deiner Diagnose warst du zwölf Jahre alt, warst bereits 1,70 m groß und brachtest ca. 68 Kilogramm auf die Waage, richtig?" Ich nickte dem Arzt zustimmend zu und er fuhr fort: „Und dann, ein halbes Jahr nach der Diagnose, kam der erste Schub?! Dauerte drei Monate an und hinterließ alle Gelenke deformiert zurück?! Mehr Schübe gab es sicher nicht?" – *Der ist ja gut! Der macht wohl Witze?!* Mit Schaudern erinnerte ich mich daran zurück, wie meine erste Symphonie des Grauens mich drei Monate lang Tag und Nacht fast 24/7 fest im Griff hatte. Medikamente halfen nichts, Kühlpacks waren ein Witz und das Einzige, was für ein paar schlappe Minuten Linderung brachte, resultierte daraus, meine Höllenqualen nochmals zu potenzieren, indem man meine steifen Gelenke auch noch bewegen musste, bis sie sich etwas öffneten. Sowas vergisst man nicht!

„Ja, ich bin mir absolut sicher!" Und der Arzt fuhr mit seiner Zusammenfassung fort: „Gut! Ok, BeaBu! Dann bist du jetzt 14 Jahre alt! Bist 1,74 m und wiegst aktuuueeeellll???" Er versuchte dem Elend vor seinen Augen ein Gewicht zuzuschreiben. „42 Kilogramm", erlöste ich ihn. „Also, wenn ich mich nicht irre", begann der Arzt seine Einschätzung in Worte zu fassen, „dann ist so ein aggressiver Krankheitsverlauf nur einmal vor 100 Jahren registriert worden. Ich meine, deine deformierten Gelenke sind nichts Ungewöhnliches für Rheumatiker, aber die entstehen üblicherweise nicht über Nacht und nicht über Monate. Normalerweise entstehen solche Gelenkschäden", und er zeigte auf meine Knie und Finger, „über mehrere Jahre und in unterschiedlicher Ausprägung."
Er strich sich mit den Fingern über die Stirn und machte damals einen sehr überforderten Eindruck, aber er sagte: „In Ordnung, wir werden das hinbekommen! Gib mir Zeit bis morgen, ich werde

mich mit meinen Chefärzten zusammensetzen und wir überlegen uns einen Schlachtplan."

Déjà-vu

„Der Schlachtplan ist damals ganz gut aufgegangen, BeaBu. Vielleicht schaffen sie es diesmal auch wieder?" Wir standen am Rasthof bei einem Becher Kaffee und ich war richtig nervös. „Ja, ich hoffe es! Aber irgendwie ... ach, ich weiß nicht! Ich bin schon glücklich, wenn sie meine Schmerzen wieder in den Griff kriegen und ich diese dumme Krücke loswerde! Wo steht eigentlich das Auto?" Meine Mutter schaute mich schuldbewusst an und druckste plötzlich rum: „Also... da du das mit den Schmerzen gerade erwähnst... es ist sooo... also... hmmm..." Ich kriegte große Augen: „Mama, wo ist das Auto? Jetzt sag schon!"

Meine Mutter startete nochmal: „Also, es ist so, nachdem ich dich hier vor dem Eingang rausgelassen habe, konnte ich aufgrund der Baustelle, die du da drüben siehst, nicht halten und auch nicht parken! Also hab ich um die Ecke ein Stück den Hügel hinunter auf der Seitenlinie der Autobahnauffahrt geparkt! Ich kann dich nicht wieder abholen! Wir müssen laufen!" Was sollte ich dazu noch sagen, außer: „Irgendwie ist das wie mit den Kühen 2.0! Nur laufen wir jetzt und beten, dass uns kein Lastwagen erwischt!"

Nachdem einige verwirrte Autofahrer uns vorsichtig passiert hatten, erreichten wir, ohne einem LKW zu begegnen, unversehrt das Auto und fuhren in die Berge.

XII
Meine Krankenhaus-Überlebensstrategien

„Ich bin nicht, war nicht und werde niemals (!) ein Las Vegas Showgirl sein!
ICH – bin eine Schlagzeile!"
Sister Act 2 (1993)
„Stolpern. Hinfallen. Aufstehen. Krone richten. Weitergehen! War was?"

Es hatte wieder begonnen:
Ich war bekannt wie ein bunter Hund! Fast alle kannten mich, nur ich kannte kaum jemanden. Das war zu Schulzeiten so, zu Unizeiten nicht anders und im Berufsleben genauso. Ich bin nicht unaufmerksam, es sind die anderen, auf die ich in kürzester Zeit einen bleibenden Eindruck hinterlasse. Ob positiv oder negativ ist dabei zweitrangig. Ich polarisiere schon mein ganzes Leben.
Dabei bekomme ich im Krankenhaus meistens sehr schnell (fast zeitgleich mit der Aufnahme) einen positiven Status zuge- sprochen.

Wir saßen alle irgendwie im selben Boot, nur hatte ich anscheinend mal wieder den Platz im Rettungsboot erwischt, welches noch nicht ins Wasser gelassen wurde!

Natürlich erzählt hier jeder (inklusive mir) mehr über seine Wehwehchen als sonst wo, aber ich versuche, mich dabei eher an die Fakten zu halten. Es macht für mich einfach keinen großen Sinn, mich nonstop über mein Elend zu beklagen. Nein, nicht mal im Krankenhaus! Erstens zieht es mich emotional runter, mich zu sehr da hineinzusteigern, und zweitens wird es dadurch ja auch nicht besser (eher noch schlechter). Und so kam es mal wieder, dass es, egal wo ich hinkam beziehungsweise wieder ging, hinter mir tuschelte: „Ja mei, wie mocht s des? Die isch ima so positiv!" Nein, ich habe gerade keinen Schlaganfall, so ungefähr hört sich Bayrisch an. „Ima wenn i se seh, strahlt se!" – „Ein richtiger Sonnenschein!" Tja, wer kann, der kann!

Ich für meinen Teil finde auch Lachfalten wesentlich attraktiver im Alter als Sorgen- und Zornesfalten. Um im Alter also keine Bulldoggenfresse von meinem eigentlich nicht ganz so einfachen Leben zu bekommen, halte ich es demnach lieber mit der Charlie-Chaplin-Devise: „Smile tho' your heart is aching..."!

Das Krankenhaus: Fluch und Segen

„Wie schaffst du das immer, BeaBu? Ich meine, kaum zwei Tage im Krankenhaus und schon bist du eingelebt!" – „Wie lernst du so schnell immer neue Leute kennen? Ich meine, wo lernt man im Krankenhaus Menschen kennen, BeaBu?" – „Wird dir nicht langweilig, BeaBu?" Das und vieles mehr sprudelte es mir aus meiner Familie und meinem Freundeskreis entgegen.

Gleich zu Beginn: Krankenhaus ist nicht gleich Krankenhaus.

Es ist ein Riesenunterschied, ob man an das Zimmer oder womöglich an das Bett gebunden ist (z.B. nach einer OP) oder ob man sich frei in der und um die Klinik bewegen kann. Grundsätzlich ist niemand gerne im Krankenhaus und ich bin da keine Ausnahme.

Ich hab aber für mich ein paar „Gewohnheiten" beziehungsweise „Überlebensregeln" etabliert, die es mir ermöglichen, mich schnellstmöglich in jede Kliniksituation einzuleben:

1. Mein Krankenhausbett

Als ich 1997 zum ersten Mal in die Kinderklinik nach Garmisch-Partenkirchen kam, fielen mir beim Betreten der Zimmer sofort die bunten Fleece-Tagesdecken auf, die auf allen Krankenhausbetten lagen. Die verdrängten zu 100% die gewöhnliche Krankenhaus-Atmosphäre und lockerten schon rein optisch alles auf.

Seitdem habe ich immer eine eigene bunte Fleece-Tagesdecke im Gepäck, die ich sofort über das Bett werfe.

(Ich empfehle, eine Decke zu nehmen, die man niemals zuhause verwenden würde, weil sie zu kitschig oder zu kindisch oder zu bunt oder oder oder ist. Die Decke ist nur zum Aufheitern für die Krankenhauszeit gedacht, um das hässliche Krankenhausbett zu überdecken und ein wenig Gemütlichkeit und Heiterkeit zu verbreiten. Ich würde diese Decke nie bei mir zuhause irgendwo benutzen, da sie mich sonst immer an ein

Krankenhausbett erinnern würde – wer will das schon?)

2. Mein Nachttisch

Ins obere Fach von meinem Nachttisch kommen meine Kontaktlinsen, meine Brille (gegebenenfalls auch Sonnenbrille), meine Schminktasche, meine Kopfhörer und mein Tablet beziehungsweise ein Buch rein.

Der gesamte restliche Stauraum darunter wird von mir immer als „Minibar" missbraucht.

Natürlich gibt es Essen und Trinken im Krankenhaus, aber ich hab irgendwann keine Lust mehr auf nur Wasser und Tee und nicht viele Krankenhausessen sind auf dem Niveau eines Hotels.

Somit habe ich immer ein bis zwei Softdrinks, ein bis zwei Säfte und einige Knabbereien, Snacks, Schokolade für die Nerven und das Vergnügen, ein paar 5-Minuten-Terrinen, falls das Essen doch viel zu scheußlich war, und ein Netz Zitronen für meinen Schwarztee in meiner „Minibar".

(Wenn ich nicht in meiner Stadt im Krankenhaus bin, dann hole ich mir die Sachen meist am ersten (spätestens am zweiten) Tag im Supermarkt meist um die Ecke. Wenn das gerade nicht geht, gebe ich dem Sozialdienst eine Einkaufsliste und Geld mit und lass mir die Sachen bringen.)

3. Meine Eitelkeit

Grundsätzlich gilt für jeden meiner Krankenhausaufenthalte, sich nicht gehen zu lassen. Klar, wenn ich gerade frisch operiert bin, nehme ich mir bis zu drei Tage Zeit zum Gammeln. Wobei, es mag für den ein oder anderen schwer nachvollziehbar sein, aber meine erste Handlung, wenn ich aus dem OP wieder im Zimmer bin, besteht darin, mir meine Hand- und Fußnägel rot zu lackieren. (Die Farbe harmoniert super mit dem OP-Jod, hahaha.) Ich fühle mich dann sofort besser.

Ich assoziiere unlackierte Nägel immer mit einer OP, denn das ist der einzige Zeitpunkt in meinem Leben ohne künstliche Nägel, Gelish oder wenigstens Nagellack. Also nach der OP bei erster Gelegenheit Nägel lackieren oder von Mama, Mann oder Freundin lackieren lassen und dann maximal drei Tage in

111

Schmerzmittel und Selbstmitleid vergehen und danach:

werden die Haare gewaschen, Wimperntusche und leichter Lipgloss aufgetragen und der Pyjama gegen stylische Wohlfühlklamotten gewechselt und ta da! Ich fühl mich wieder wie ich selbst und starte, komme was wolle, am vierten Tag wieder durch.

4. Meine Lieblingsorte und -verstecke

Erste Devise lautet: Raus aus dem Zimmer, sobald es geht, und Klinik erkunden! In jedem Krankenhaus gibt es zig versteckte und offensichtliche Orte, die es zu entdecken gilt. Es gibt kleine „Geheimgänge" mit versteckten Sitzgruppen, es gibt Dach- terrassen, Etagenterrassen, Gärten, Aufenthaltsräume, Cafeteria, Bibliotheken, und einmal hab ich versteckt einen Aufzug gefunden, der zu einem wunderschönen, gemütlichen, dauer-verlassenen Wintergarten im obersten Stock geführt hat.

(Je nachdem, in welcher Gemütslage ich bin und welche Auswahlmöglichkeiten ich im Krankenhaus vorfinde, variiere ich meinen Aufenthaltsort. Denn alles ist besser, als zu viel Zeit im Zimmer zu verbringen und „Lagerkoller" zu bekommen, und gemütlicher ist es meistens auch.)

5. Meine „Freunde"

Je schneller man Anschluss findet, desto angenehmer wird der Aufenthalt. Es geht nicht darum, die großen Freundschaften für's Leben zu finden, auch wenn mir das in meinem besten Freund gelungen ist (alles Gute zum 20. Jahrestag unserer Freundschaft, T. L.), sondern jemanden, mit dem man einen Kaffee trinken geht, zusammen Karten oder Schach spielt oder einfach ein nettes Gespräch führen kann.

Je nachdem, wo, wieso und für wie lange man im Krankenhaus ist, desto wichtiger beziehungsweise unwichtiger ist dieser Faktor „Freundschaft".

Bedeutet: Wenn ich zuhause im Krankenhaus bin, dann brauch ich außer meiner Familie und meinen Freunden natürlich nicht zwingend neue soziale Kontakte. Da hoffe ich in erster Linie auf eine verträgliche Zimmernachbarin.

Wenn ich jedoch kilometerweit weg bin, sieht das schon anders aus. Da versuche ich natürlich schneller Anschluss zu finden, jedoch auch nicht wahllos mit jedem. Im Krankenhaus gelten dieselben Regeln wie überall anders auch: Zusammen findet, wer sich sympathisch ist.

Mir hilft meine positive Art dabei ungemein und die Tatsache, dass ich es absolut nicht darauf anlege, neue Kontakte zu knüpfen. Ich kann mich super allein beschäftigen, hab mein Tablet, Laptop, Handy, Buch und konzentriere mich auf mein gesundheitliches Weiterkommen.

Wenn man nicht den ganzen Tag im Zimmer sitzt (wo wir wieder bei 4. sind), läuft man sich zwangsweise über den Weg, einigen läuft man immer wieder über den Weg und einige sind einem dann auch sympathisch. Dann macht man hier eine Bemerkung über das Wetter oder da einen kleinen Scherz und dann kriegt man schon mit, ob man auf einer Wellenlänge ist.

Das Beste ist natürlich, den ersten „Freund" direkt im eigenen Zimmer zu finden

„Und, BeaBu, wie ist deine neue Zimmernachbarin so?" Mein Gesicht sprach Bände! „Oje, so schlimm?!" – „Na, bei mir im Zimmer ist gerade Totentanz angesagt!" Das Gelächter war groß, aber wie sollte ich das auch anders ausdrücken?

Als ich nach dem Abendessen kurz ins Zimmer wollte, um meinen Laptop zu holen, betrat ich eine stockfinstere Kammer: Alle Lichter aus, die blickdichten Vorhänge zugezogen, sodass auch ja kein Lichtstrahl durchkommt, und Madame lag im Pyjama und mit Kopfhörern im Bett und schaute fern. Als ich dann schnellstmöglich das Zimmer wieder verließ, wurde ich vom strahlenden Sonnenschein so geblendet, dass mir ein erstauntes lautes „Huch!" herausrutschte.

Ich hatte doch tatsächlich in den fünf Minuten Zimmeraufenthalt vergessen, dass es erst 19:00 Uhr war!

„Na ja, BeaBu, nimm es nicht so schwer! Vielleicht ist sie einfach müde von der Anreise." – „Klar, aber dann liege ich auch nicht im Dunkeln mit Kopfhörern im Bett, wenn gerade niemand im Zimmer ist, den ich stören kann!" Das Gelächter ging weiter und alle waren sich einig: So kann man sich den Start im Krankenhaus auch selber schwer machen!

115

XIII
Hitzewallungen im Schnee

„Als Gott mich schuf, ist ihm die Form zerbrochen!"
Mrs. Doubtfire (1993)
„Witzig ist es allemal!"

„BeaBu, du holst dir noch den Tod!", schlug sich A-Hörnchen die Hände über den Kopf. Ich?! Wieso?! „Das ist völlig unmöglich! Von mir dampft es!", antwortete ich süffisant lächelnd und zeigte auf die aufsteigenden Wölkchen über meiner Haut. Tatsächlich verhält es sich nämlich mit meinem Immun- system so, wenn mein Rheuma ruht, dann bin ich anfällig für jeden Sch$%&! Wenn ich dann zum Beispiel in einem überfüllten Riesen-Hörsaal jemanden in der hinterletzten Ecke niesen höre, denke ich mir: *Na toll! Danke! Jetzt darf ich drei Wochen mit einer Bronchitis rumlaufen, weil du Rotznase nicht einen Tag zum Auskurieren zu Hause bleiben konntest!* Und so trifft es dann auch zu und ich liege Minimum drei Wochen flach. Aber wenn ich, von

Rheuma total überhitzt, im Bikini auf der schneebedeckten Terrasse nur mit einem Fellmantel über meinen Schultern sitze und es wortwörtlich nur so von mir dampft, passiert rein gar nichts, außer dass ich eine Attraktion für alle Umstehenden bin. So geschehen unter anderem auf der Klassenfahrt nach Prag...

Kennenlernen mal anders

„Ich bin voll am A#$&@!", schluchzte es vor meiner Klokabine, in der ich gerade mit drei Zehntklässlerinnen heimlich meine Pausen-Zigarette beim neuesten Schulgossip genoss. (Ja, ich hab mit über 20 Jahren immer noch hin und wieder heimlich auf der Schultoilette geraucht! Die Klassenraum-Planung hat es mir nicht immer ermöglicht, sowohl eine Pause als auch einen Raumwechsel gleichzeitig hinzubekommen. Somit nahm ich dann die „Abkürzung" über die Schultoilette.)

Jedenfalls, neugierig, wie ich bin, streckte ich meinen Kopf aus der Kabine und erblickte eine zu dem Zeitpunkt mir noch fremde, völlig aufgelöste, weinende und fluchende A-Hörnchen. Es hat keine fünf Minuten gedauert, da hatte ich ihr geholfen sich zu beruhigen und die Sache aufzuklären. (Sie hatte aufgrund von fehlkommunizierten Angaben völlig schuldfrei ihre Bio-Klausur verpasst. Ich schickte sie direkt zum Direktor, um die Sache zu regeln, was ihr auch gelang.)

Monate vorher entdeckte ich in meinem Musik-Leistungskurs beim Analysieren eine ziemlich offensichtliche Modulation. Jedenfalls machte ich mit dieser Entdeckung anscheinend einen gewaltigen Eindruck, nicht nur auf die Lehrerin, sondern auch auf den mir bis dahin fremden B-Hörnchen.

Das war es dann aber auch! Mehr hatte ich dann mit den beiden vorerst auch noch nicht zu tun gehabt.

Freunde über verschneite Umwege
Ich drehe um! Ist mir egal, wie lange wir jetzt mit dem Bus hierher gebraucht haben. Ich bleib einfach sitzen und fahre direkt zurück! Horrorgedanken über Horrorgedanken drehten sich in meinem Kopf. Beim

Anblick der riesigen Schneemassen wurde mir regelrecht schlecht! Wie konnte ich auch nicht bedenken, dass in Prag Anfang März noch Schnee liegen könnte??? Wir waren gerade mit dem Bus bei der Jugendherberge angekommen, die wir im Nachhinein als „Schlumpfendorf" bezeichnet haben, da sie aus einem Haupthaus und vielen kleinen Einzelhütten wie ein kleines Dorf angelegt war, und alles war mit meterhohem Schnee bedeckt. *Ich werde keinen Meter weit kommen.* Das ist eine Katastrophe! Ja, das war wirklich eine Katastrophe, denn eigentlich wollte ich die Klassenfahrt nutzen, um endlich besser und schneller in die neue Klassengemeinschaft aufgenommen zu werden, indem ich mich von meiner lockeren und unkomplizierten Seite präsentieren wollte. *Ja, das wird super unkompliziert mit mir im Schnee! Ich schaff es wahrscheinlich nicht mal aus dem Bus!* Da standen plötzlich A-Hörnchen und B-Hörnchen grinsend vor mir: „Na, BeaBu, brauchst du Hilfe? Keine Widerrede! Wir packen dich jetzt, einer links, einer rechts, unter dem Arm, und dann machen wir das schon!" Ich war Baff! Mit so viel Verständnis und Hilfsbereitschaft hatte ich nicht gerechnet! Und ohne zu zögern, setzten sie ihre Worte in die Tat um und ich schaffte es unbeschadet aus dem Bus.

Die gesamte Klassenfahrt über kamen A-Hörnchen und B-Hörnchen jeden Morgen zu meiner Hütte und begleiteten mich über's Eis zum Frühstück ins Haupthaus, und egal wann ich vor die Tür trat, standen sie gefühlt schon parat. Ich musste nicht bitten und ich wurde nicht gefragt. Es war so natürlich, selbstverständlich und leicht, es war fantastisch. Abgesehen von den Wegen wurden wir auch über den Tag ein eingeschworenes Trio und feierten gemeinsam die Abende durch. Lustigerweise stellten ich und A-Hörnchen sogar fest, dass wir einen fast gleichen Wintermantel mitgenommen hatten, aber im Gegensatz zu mir wurde A-Hörnchen immer darauf angesprochen, wieso sie BeaBu's Mantel trägt, sobald wir mal nicht zusammen unterwegs waren.

Hitzewallungen im Schnee

Eines Abends, die Klassenfahrt war fast vorbei, wollten wir gerade anfangen, unser allabendliches

Sit-in vorzubereiten, da bemerkte ich, wie in mir die Hitze aufzusteigen begann.

Das ist ein Phänomen wie kein anderes: Seit meinem ersten Schub 1995 passiert es hin und wieder, dass mein ganzer Körper plötzlich heiß wird, als hätte ich spontan 42 Grad Fieber und jedes bisschen Haut, was nicht von Stoff bedeckt wird, anfängt zu dampfen.

Jedenfalls bemerkte ich, wie ich anfing zu schwitzen und mir die Hütte viel zu warm wurde, und das, obwohl ich bereits nur in T-Shirt und Minirock dastand. In Windeseile wechselte ich mein T-Shirt gegen mein Bikini-Oberteil, zog meine Stiefel über, packte meinen Mantel locker über die Schultern und trat aus der Hütte auf die Terrasse raus. Was für eine augenblickliche Erleichterung! Ich wollte mich eigentlich nur fünf Minuten auf die Bank vor der Tür setzen, um nicht die ankommenden „Gäste" zu verstören, aber gerade, als ich mich hingesetzt hatte, erschienen A-Hörnchen und B-Hörnchen mit der restlichen Truppe. „Nein, ich hole mir nicht den Tod! Ich bleibe nur ein paar Minuten, bis die erste Hitze anfängt abzuklingen! Solange ich dampfe, werde ich auch nicht krank! Genießt die Piepshow, sowas seht ihr bestimmt kein zweites Mal!" – „Oh ja! Das kannst du laut sagen, BeaBu!" Und lachend betraten wir alle die Hütte zum Feiern.

XIV
Mosaiksteinchen über Mosaiksteinchen

„Dann hat die Mami den Papi geküsst. Dann haben die Engel das dem Storch erzählt. Und der Storch ist vom Himmel herabgeflogen und hat einen Diamanten unter ein Blatt im Kohlfeld gelegt. Und der Diamant verwandelte sich in ein Baby!"
„Unsere Eltern werden auch ein Baby bekommen."
„Sie hatten Sex!"
Addams Family 2 (1993)
„So kann man eine Kettenreaktions-Geschichte auch verkürzen!"

„BeaBu, war die Frau vom MDK bei deiner Begutachtung damals blind oder wie kam sie dazu, dich als völlig gesund einzustufen?" Nein, blind war die Dame vom Medizinischen Dienst der Krankenkasse nicht gewesen, als sie mir jegliche Pflegestufe verweigert hatte. Doch an ihrer geistigen Gesundheit zweifle ich bis heute. „Wenn ich es mir recht überlege, dann müsste ich ihr im Nachhinein noch Blumen schicken, denn auch sie spielt als

Mosaiksteinchen eine tragende Rolle in meinem persönlichen Wunder!"

So viele Mosaiksteinchen...

Mein Vater hatte im Laufe seiner Karriere viele verschiedene Auszubildende in seinem Betrieb, aber 1996 sollte einer von ihnen den Anstoß zur Wende in meiner Krankheitsgeschichte bringen. Na ja, nicht direkt der Azubi, sondern vielmehr die Freundschaft zu seinen Eltern, die eine Kettenreaktion lostrat.

Wie genau meine Eltern sich mit ihnen anfreundeten, entzieht sich meiner Kenntnis, allerdings weiß ich noch ganz genau, wie ich mit ihnen bekannt wurde. Getrennt voneinander hinterließen Herr und Frau „Gutmütigkeit-in-Person" einen sehr... sagen wir mal bleibenden Eindruck!

Die Kunst, respektvoll respektlos zu sein

Wir (meine Eltern und ich) trafen Herrn „Gutmütigkeit-in-Person" auf dem Parkplatz vor der Arbeitsstelle meiner Mutter.

Herr „Gutmütigkeit-in-Person" wollte meinen Eltern den ein oder anderen rückenschonenden Hebegriff zeigen, um mich zum Beispiel aus dem Rollstuhl ins Auto und zurück zu transportieren, denn bis dahin hob mein Vater mich (zwar für mich relativ schmerzfrei, aber für ihn auf Dauer extrem rückenschädigend) wie einen Sack Mehl über die Schulter.

Jedenfalls zeigte der Herr den ersten Griff und es klappte auf Anhieb wunderbar. Meine Eltern stellten sich rechts und links neben mich, schoben ihre Ellenbogen unter meine nicht schmerzenden Schultern, hoben meinen knapp 40 Kilo leichten Körper problemlos in die Luft und setzten mich behutsam sowohl ins Auto als auch wieder zurück in den Rollstuhl.

Soweit so gut, aber jetzt musste aus mir bis heute unerfindlichen Gründen eine zweite Variante präsentiert werden.

Herr „Gutmütigkeit-in-Person" beugte sich zu mir vor, schlang meine Arme um seinen Hals und bevor ich auch nur wusste, wie mir geschah, zog er mich schmerzvoll in die Länge und hob mich hoch.

Sturzbäche donnerten augenblicklich aus meinen Augen. Halten konnte ich mich nicht und rutschte an seinem Körper langsam, aber qualvoll hinunter, was dazu führte, dass der gute Herr seinen schmerzvollen Griff um meine Körpermitte noch verstärkte und mich recht unsanft auf den Autositz bugsierte.

Relativ unbeeindruckt von meinem Schmerz und Geheule erklärte er meinen Eltern über meinen Kopf hinweg, was dieser Griff eigentlich für Vorteile hatte und warum er grundsätzlich besser wäre als der andere.

In dem Moment, als Herr „Grundsätzlich-Gutmütigkeit-in- Person" sich wieder mir widmete, um mich wieder aus dem Auto zu heben und in den Rollstuhl zu setzen, schickte ich ihn zum Teufel. (Und ihn zum Teufel zu schicken ist hier maßlos untertrieben! Ich schickte ihn in seiner Muttersprache zum Teufel, was einer Kriegserklärung gleichkommt und die schlimmste Beleidigung überhaupt bedeutet!)

Augenblicklich zeigte meine verbale Ohrfeige Wirkung: Mit weit aufgerissenen Augen stand der gute Herr so unter Schock, dass er sofort von mir abließ! Meine sichtlich peinlich berührten Eltern versuchten gerade, mein Verhalten zu erklären, da unterbrach der Herr „Wieder-Gutmütigkeit-in-Person" sie und erklärte im ruhigen Ton, dass es noch nie jemand gewagt hatte, ihn so zu beleidigen, aber ich hätte durch diese Reaktion auf seine missglückte Aktion absolut seinen Respekt gewonnen.

Die Kunst der berührten Nicht-Berührung

Am selben Abend war Familie „Gutmütigkeit-in-Person" bei uns zum Essen eingeladen. Frau „Gutmütigkeit-in-Person" setzte sich ganz behutsam neben mich. Sie strahlte so viel Liebe und Güte aus, dass man damit einen Heißluftballon hätte füllen können. Sie war mir sofort sympathisch. Und dann geschah etwas Wunderbares: Sie legte ihren Arm ganz bewusst ganz dicht neben meinen, ohne dass sie sich berührten, und sagte: „BeaBu, du entscheidest selber, inwieweit dir die Berührung guttut! Ich bleib hier ganz dicht bei dir sitzen und wenn du meinen Arm ergreifen möchtest, dann machst du das!"

Seitdem ich so stark erkrankt war, hatte noch niemand zuvor das so umgesetzt.

Nach und nach und ganz behutsam berührten unsere Arme sich, und als Nächstes erhob sie sich und meine Mutter nahm ihren Platz ein. Und nach einer gefühlten Ewigkeit umarmte ich meine Mutter zum ersten Mal, ohne Schmerzen zu empfinden. Wir verbrachten einen tollen Abend miteinander und Familie „Gutmütigkeit-in-Person" lud uns ein, mit ihnen die Herbst- ferien an der Côte d'Azur zu verbringen.

Das Verdrängen der Wahrheit ändert nichts an dem Zustand

Nachdem wir gefühlt 10.000 Stunden mit dem Auto in den Urlaub gefahren waren, erreichten wir eine blühende Oase namens Saint-Tropez. 24 Grad Celsius, mediterranes mildes Klima, das blaue Meer und überall reife Kaki- und Zitronenbäume.

Nachdem wir zwei herrliche unbeschwerte Wochen zusammen mit Familie „Gutmütig" verbracht hatten, setzten sie sich mit meinen Eltern zusammen und sprachen Tacheles.

Ich war ein Totalschaden, 24/7 pflegebedürftig, und wir sollten endlich unseren Stolz runterschlucken und uns Unterstützung besorgen. Sie öffneten uns die Augen und nahmen uns die Angst. Das Anerkennen meines Zustandes würde diesen weder verbessern noch verschlechtern, aber wenigstens könnte man sich dann das Leben über mögliche Pflegeleistungen, Hilfsmittel und Nachteilsausgleiche erleichtern.
Sobald wir wieder zu Hause waren, leiteten meine Eltern alles in die Wege und beantragten eine Pflegestufe.

Wie der Stein ins Rollen kam
Eine hässliche, dürre, schwarzhaarige Dame vom MDK begutachtete mich, fast eine Stunde lang. Sie stellte viele Fragen und bat mich, mich mal so, mal so zu bewegen, was mich ziemlich schnell an meine Grenzen führte, da ich zu dem Zeitpunkt wirklich

nichts machen und mich nicht viel bewegen konnte. Das Einzige, was ich mir an Funktion immer geschafft habe zu erhalten, war mir selber den A$%& abzuwischen.

Ich konnte mir weder die Zähne putzen, weil meine Ellenbogen es nicht zuließen meine Hand so weit an meinen Mund heranzuheben, noch konnte ich ein Glas Wasser halten, da mir die Kraft in den Händen fehlte. Schlafen konnte ich nur unter einer besonders leichten Steppdecke, da ich von dem Gewicht einer „normalen" Decke erschlagen wurde, und mich an- und auskleiden kam einer Schaufensterpuppe gleich, nur dass die nicht vor Schmerz schreien konnte, so, wie ich es regelmäßig tat.

Jedenfalls kam einige Wochen später die Ablehnung der Pflegestufe, da mein Zustand einstudiert sei und sich der Pflegeaufwand mit einigen Hilfsmitteln erledigt hätte.
Einmal diesen Weg eingeschlagen, stand fest, dass wir diesen Weg bis zum bitteren Ende gehen würden. Meine Eltern erkundigten sich bei einem Anwalt nach

den weiteren Verfahrensschritten, um einen Widerspruch einzulegen. Dieser riet ihnen zu einem unabhängigen Gutachter, am besten wäre ein Kinderrheumatologe.

Relativ schnell wurde immer wieder derselbe Name genannt und wir entschieden uns für „Dr. Dichschicktderhimmel". Keine zwei Sekunden hatte er mich angeschaut, da kamen die alles entscheidenden Worte aus seinem Mund: „Kinderklinik Garmisch-Partenkirchen, SOFORT!!! Und dieses schwach- sinnige Gutachten der MDK widerlege ich!"

Und ein weiteres Mosaiksteinchen ward gesetzt!

XV
Schule und andere Hindernisse

„Es ist eine Schande! Als Alexander der Große so alt war wie Sie, da hatte er bereits die halbe Welt erobert!"
„Der hatte ja auch Aristoteles als Lehrer. Und wen haben wir???"
Pepe, der Paukerschreck (1969)
„Wie heißt es so schön: Ein Schüler kann nur so gut wie sein Lehrer sein!"

Aula. Abschlussklasse 200X. Zeugnisverleihung. Der Schuldirektor hält eine Rede.

Er redete über Fleiß, Zukunftsperspektiven, etwas wie „Stier bei den Hörnern packen", bla bla bla.

Wie alle anderen hörye ich nach ein paar Minuten schon gar nicht mehr richtig hin und vertiefte mich unauffällig mit meiner Sitznachbarin in die Frage, wo wir danach noch was essen gehen wollten. Plötzlich erregte ein Fitzelchen der Rede meine Aufmerksamkeit und ich traute meinen Augen und Ohren nicht: „... und als sie damals im Rollstuhl in mein Büro hereingefahren wurde, blass, dürr, zu schwach, um selber den Rollstuhl zu bewegen, und sie ernsthaft zu mir sagte, dass sie ihre Schullaufbahn auf eigenen Beinen beenden wird, da dachte ich entsetzt bei mir: ‚Armes verblendetes Kind! So schwer krank und so voller falscher Hoffnung!' ..." Mir klappte die Kinnlade runter: Alter Verwalter! Der redete über mich!

Von Ignoranz und Intoleranz

„BeaBu, du hast keinen Abschluss von der siebten und achten Klasse, aber du hast drei Mal die zehnte gemacht???" Tja, aber genau so ist es! Bei mir ist eben nichts normal, nicht mal meine Schullaufbahn!

Als mein Rheuma zu wüten begann, kam ich gerade in das Probehalbjahr der 7. Klasse eines Gymnasiums. Während ich mein letztes Grundschuljahr relativ unspektakulär mit einem geschwollenen linken Knie durchlief (bis auf ein paar unangenehme Situationen, vor allem verursacht durch meine uneinsichtige Klassenlehrerin, die nicht zu viele „Unannehmlichkeiten" wegen mir haben wollte), begann ich mein Probehalbjahr schmerzhaft humpelnd und mit zusätzlich drei geschwollenen Fingergelenken.

Im Laufe des Halbjahres hatte ich irgendwann mehr krankheitsbedingte Fehlzeiten als tatsächliche Anwesenheitstage, und so kam es zu unzähligen Gesprächen zwischen meiner Mutter und dem Schuldirektor. Jedenfalls, bis es dem Herrn Direktor zu bunt wurde und ihm die Hutschnur platzte: An seiner Schule sei kein Platz für solche Menschen wie mich und ich gehöre ab jetzt auf eine Sonderschule zu meinesgleichen.

Meine Mutter meldete ihn der Schulbehörde, ich bekam meinen ersten Rheumaschub in dem Winter, und dass ich das Probehalbjahr nicht bestanden hatte, muss ich wohl nicht zusätzlich erwähnen.

Das war jedenfalls das vorläufige Ende meiner Schullaufbahn.

Vom Bildungssystem und Gouvernanten

Nach den grauenhaftesten drei Monaten meines Lebens war das zweite Halbjahr der siebten Klasse auch schon fast irgendwie rum, ohne, dass ich auch nur eine Schule hatte, in die ich hätte nicht gehen können. Denn abgesehen davon, dass in dieser Zeit logischerweise keiner von uns die Fähigkeit noch die Möglichkeit dafür gehabt hatte, mir eine neue Schule zu suchen und mich neu anzumelden, war ich zu dem Zeitpunkt alles andere als in der Lage, irgendeine Schule zu besuchen.

Bis wir alle wieder einen klaren Gedanken fassen konnten, war es bereits Zeit für die Sommerferien.

„Aber BeaBu, das wäre doch der perfekte Zeitpunkt gewesen, um sich nach einer neuen Schule umzuschauen. Wieso bist du nach den Sommerferien nicht wieder zur Schule gegangen?" Blöd gesagt, aber es gab keine passende Schule für mich. „Im Grunde wollte ich auch wieder zur Schule gehen. Ich wollte jedoch keinesfalls auf eine Schule für körperbehinderte Menschen." Um ehrlich zu sein: Ich fand die Vorstellung damals sehr sehr gruselig. Ich war dreizehn Jahre alt, völlig mit mir und meiner Situation überfordert, und bis die Sommerferien vorüber waren, saß ich bereits im Rollstuhl und hatte dabei immer noch die Hoffnung, dass mein Zustand wieder vergehen würde wie eine Grippe. Egal was noch kommen sollte, das Einzige was mir wichtig war,

war, dass ich auf keinen Fall „mit diesen Leuten" über einen Kamm geschert werden wollte.

Die abwertenden Worte des Gymnasiumdirektors klangen immer wieder in meinem Kopf nach und im Umkehrschluss bedeutete dies, dass ich fast zwei Jahre in gar keiner Schule war.

Ich bestand auf eine stinknormale Schule, aber bitte mit Fahrstuhl, und da der Schulsenat mir keine passende Schule bot, war ich die Letzte, die offiziell Privatunterricht vom Schulsenat gestellt bekommen hatte, bevor die Mittel dafür gänzlich gestrichen wurden.

Von Intelligenz...

Eines Tages, es war schon fast wieder Zeit für die nächsten Sommerferien, da besuchten mich ein paar ehemalige Grundschul-Freundinnen. Mit dem Schulwechsel damals, meiner Erkrankung und weil wir fast zeitgleich auch noch umgezogen waren, hatten wir uns seit Jahren aus den Augen verloren. Ich weiß nicht mehr, wie wir uns damals wiedergefunden hatten, aber ich weiß noch genau, wie sie meinten: „BeaBu, komm doch an unsere Schule. Wir haben einen Fahrstuhl und es ist eine Gesamtschule, an der man später auch Abitur machen kann."

Diese Worte waren so unglaublich, sie waren zu gut, um wahr zu sein.

Meine Mutter rief direkt am Montag in der Schule an, die Angaben bestätigten sich und sie hatten sogar einen freien Platz für mich.

Jedoch gab es eine kleine Frage: In welche Klasse soll BeaBu?

– Wenn es nach meinem Einschulungsjahrgang ginge, dann würde ich nach den Sommerferien in die neunte Klasse kommen. Aber gleich zwei Klassen überspringen?

– Und wenn ich in die siebte Klasse eingeschult werden würde, würde ich dann vielleicht die „armen Kleinen" überfordern und mich selber unterfordern?

Der Direktor schlug einen Intelligenztest mit einem integrierten Schulwissensstandstest vor, um einen Überblick und eine Hilfestellung zu erhalten.

Gesagt, getan. Einige Wochen später lag das Ergebnis vor: Sie hätten mich ins Abitur genommen, aber das Oberstufengebäude hatte keinen Fahrstuhl.

„Danke, aber die neunte Klasse reicht erstmal völlig aus!"

... und Toleranz

Nach den Sommerferien kam ich also direkt in die neunte Klasse und so setzte sich meine Schullaufbahn wieder fort. Nur diesmal erfuhren wir, was echte Inklusion und Toleranz bedeutete. Ich bekam einen zweiten Satz Bücher, damit ich meine nicht hin und her schleppen musste. Die Klassenräume wurden trotz Fahrstuhl so geplant und belegt, dass unnötige Entfernungen und Wechsel vermieden wurden. Anfallende Fehlzeiten wurden mit schriftlichen Zusatz-Hausaufgaben und/oder Zusatz- Referaten ausgeglichen. Anfangs wurde mir eine Mitschülerin zur Seite gestellt, die mich von A nach B begleiten sollte. Aber kaum ein Monat in der Klasse und fast jeder übernahm ihre Aufgaben mit und ich war vollständig aufgenommen und angekommen.

Ich meisterte das Schuljahr mit Leichtigkeit und wurde das erste Mal in die zehnte Klasse versetzt. Kurz nach den Herbstferien wurde ich das erste Mal operiert und das knockte mich und meine Schullaufbahn für neun Monate aus.

Also wiederholte ich die zehnte Klasse und wieder wurde ich nach den Herbstferien operiert und diesmal knockte es mich für sechs Monate aus. Wir bekamen die Sondergenehmigung, dass ich die zehnte Klasse noch ein drittes Mal wiederholen durfte, da die ersten Besuche nicht wegen schulischer Leistungen nicht bestanden wurden.

Bei meinem dritten Besuch der zehnten Klasse wurde ich nicht nur nicht operiert, ich durchlief die zehnte Klasse auf eigenen Beinen und wurde in die elfte Klasse der gymnasialen Oberstufe versetzt. (Auf eigenen Beinen entfiel dann auch die Problematik des fehlenden Fahrstuhles im Oberstufengebäude.)

Der Direktor fuhr mit seiner Rede fort: „... Hätte mir damals jemand gesagt, dass sich dieses Häufchen Elend zu einem Schwan entwickeln würde, ich hätte genauso Mitleid mit der Person gehabt, wie ich es mit ihr hatte. Aber gestern Abend habe ich sie mit meinen eigenen Augen nicht nur laufen, sondern auch noch auf dem Abschlussball tanzen gesehen und da wusste ich: Diese unglaubliche junge Frau wird sich niemals unterkriegen lassen und ihren eigenen Weg gehen! Chapeau!..." WOW!

Und weiter ging es mit bla bla bla...

XVI
Schulmedizin vs. Alternativmedizin – Damals waren die Zeiten noch anders

„Es gibt nur zwei Männer, denen ich vertrau:.
Der eine bin ich, und der andere sind nicht Sie!"
Con Air (1997)
„Richtig! Warum kann ich mir das immer nur so
schwer merken?
Vertrauen ist gut, Kontrolle ist besser!"

„Bitte füttern Sie Ihr Kind dreimal täglich mit rostigen Nägeln und Rasierklingen! Nach drei Wochen zerstückeln Sie die Überreste und kippen den übrig gebliebenen Rest in eine Schachtel! Diese verstauen Sie dann unter dem Bett, und wann immer Ihnen danach ist, sich daran zu erinnern, dass Sie ein Kind hatten, holen Sie die Schachtel wieder hervor!" Dies war zweifelsohne der Subtext, der bei uns ankam, als mein Kinderarzt die Worte sagte: "Wir werden wohl mit Cortison und MTX beginnen müssen!"
Wir verließen die Praxis mit einem Rezept über beide Medikamente und zerrissen es, noch bevor wir aus

dem Gebäude auf die Straße traten. Nebenwirkungen, die ich von leichtesten Antirheumatika hatte, waren noch eine Sache, aber Nebenwirkungen von Cortison und MTX zu riskieren...

Im Herbst 1995 kehrten wir der Schulmedizin den Rücken und suchten eine Alternative ...

Es lebe die Akupunktur, NOT!

Ich saß in Shorts auf der Couch im Wohnzimmer meiner Großmutter und sah aus wie ein Igel! Meine Beine lagen vor mir ausgestreckt auf zwei Kissen auf dem Couchtisch und waren übersät mit einer Tonne an Akupunkturnadeln, und das seit geschlagenen vier Stunden!

Ich fühlte mich schläfrig und mir fiel langsam die Decke auf den Kopf, da hörte ich plötzlich leises Gemurmel auf dem Flur. Deutlicher Zweifel schwang in der Stimme meiner Mutter mit, als sie sich flüsternd an ihre Mutter wendete: „Mama, bist du sicher, dass die Nadeln so lange drin bleiben müssen?"

– „Aber schau doch, Kind", antwortete ihr meine Großmutter ebenfalls flüsternd, „hier im Buch steht es auch, die Nadeln müssen von selbst rausfallen, und so habe ich es auch in meiner Fortbildung zur Akupunktur-Ärztin gelernt!"

Ich weiß ja nicht, wer was wie gelernt hat und wer was wie gelehrt hat, aber das kann so nicht ganz stimmen, ging es mir durch den Kopf. Jedenfalls kam meine Mutter auch zu dem Entschluss. „Aber Mama, du kannst doch nicht von deinen Patienten verlangen, sich den ganzen Tag frei zu nehmen, um eine Akupunkturbehandlung durchführen zu lassen?!", ging die Diskussion im Flüsterton weiter.

Die mussten denken, ich sei eingeschlafen, denn anders konnte ich mir das Gespräch im Flur auch nicht erklären. Ein paar Minuten später wurde ich dann von meiner ersten Akupunkturbehandlung erlöst.

Einen Monat lang wurde ich zweimal die Woche „gepiekst". Zwar wurde nochmal nachgelesen, dass 20 Minuten „genagelt" zu werden völlig ausreichten, aber der gewünschte Effekt beziehungsweise auch nur die geringste Art von Linderung blieb aus.

Es lebe die Homöopathie, NOT!

Ein älterer, grauhaariger Mann mit Brille saß hinter einem altertümlichen Schreibtisch in einem schicken, geräumigen Altbau-Zimmer mit Stuck an der Decke und stellte die merkwürdigsten Fragen, die ich je zu hören bekommen hatte. Zum Beispiel: Ob mir bei Schnupfen das linke oder das rechte Nasenloch zuerst zugingе. (Diese Frage blieb mir besonders in Erinnerung, da sie mich bis heute zum Lachen bringt: Was macht das für einen Unterschied???)

Nach einer fast einstündigen Anamnese war der erste Termin auch schon rum. Herr Dr. „Wunderlich" verkündete, dass er sich jetzt erstmal Gedanken darüber machen musste und uns seine Erkenntnisse beim nächsten Termin verkünden würde und kassierte 350 DM von uns.

Beim zweiten Termin stellte Herr Dr. „Wunderlich" noch die ein oder andere Frage, um die letzten Wissenslücken bei sich zu füllen, verabreichte mir drei Globuli, machte einen Kontrolltermin für nächste Woche aus und kassierte 350 DM von uns.

Beim dritten Termin sagte Herr „Dr. Wunderlich": „Oh wunderlich, wunderlich, eigentlich müsste die Therapie sofort anschlagen. Hmm, ich gebe dir jetzt diese anderen drei Globuli und wir sehen uns nächste Woche wieder." Und kassierte 350 DM von uns.

Etliche „wunderliche" Termine ohne Linderung später beschlossen wir, den Tatsachen ins Auge zu blicken: ob wunderlich oder nicht, ES WIRKTE EINFACH NICHT BEI MIR!

Es lebe die Schulmedizin 2.0, NOT!

„Ich hab's geschafft!!!" Stolz wie Bolle strahlte uns meine Physiotherapeutin an und fuhr fort: „Ich hab meine Freundin, die Physiotherapeutin im Klinikum ‚Zum-Heiligen-Horror- auf-Erden' ist, erreicht und euch einen ‚Schnuppertermin' besorgt. Dann könnt ihr euch immer noch entscheiden, ob ihr wieder in die Schulmedizin einlenken wollt oder nicht!" So, wie die strahlte, war klar, für welchen Weg sie sich entscheiden würde.

Zugegebenermaßen, nach der Pleite mit der Akupunktur und der Homöopathie, probierten wir noch alles mögliche Andere aus: Von klassischer Naturheilkunde bis hin zur makro- biotischen Ernährung blieb alles ohne Erfolg.

Und so fuhren wir (meine Eltern und ich) etwas weniger als anderthalb Jahre, nachdem wir der Schulmedizin den Rücken gekehrt hatten und mit mir bereits im Rollstuhl, in das besagte Klinikum „Zum-Heiligen-Horror-auf-Erden" zum „Schnupper-termin", gespannt was uns erwarten würde...

... Stunden später verließen wir fluchtartig das Gebäude. Bis wir im Auto waren und sogar bis wir das Klinikgelände verlassen hatten, sagte niemand ein Wort. Sobald wir auf der Straße waren, gab mein Vater Gummi und bei mir und meiner Mutter brachen die Dämme.

Wir heulten, bis wir lachten, und lachten, bis wir wieder heulten, und dann brach es aus meiner Mutter als Erstes heraus: „Ich hatte solche Angst, dass ich die falsche Entscheidung getroffen hatte, als ich dir die Schulmedizin verweigert hatte!" Und aus meinem Vater brach es raus: „Und ich hatte solche Angst, dass wir durch die alternative Medizin alles nur noch verschlimmert hätten!" Und ich hatte dazu nur zu erwidern: „An so einen Blödsinn habe ich gar nicht denken können, denn ich hatte panische Angst, dass das nur ein Trick war, um mich ins Klinikum zu verfrachten und mich da zu lassen!"

Entsetzt blickten mich meine beiden Elternteile an. „Nun erklär du uns mal, wie du auf so einen Blödsinn kommst! Wir sind mit dir durch die Hölle gegangen, und wenn es sein muss, laufen wir dort gemeinsam weiter spazieren! Aber dich werden wir nie irgendwo einfach so lassen!"

Es lebe „Dr. Dichschicktderhimmel", ernsthaft!

Nach all dem unbeschreiblichen Grauen, das wir in der Klinik „Zum-Heiligen-Horror-auf-Erden" gesehen hatten, ist es nur allzu verständlich, mit wie viel Abscheu und Widerstand wir dem armen „Dr. Dichschicktderhimmel" begegnet waren. Und als er nach zwei Minuten die Worte „Kinderklinik Garmisch-Partenkirchen, SOFORT!!! Und dieses schwach- sinnige Gutachten der MDK widerlege ich!" sprach, beeindruckte uns das wenig.

Im Gegenteil sogar, unsere gesamte Skepsis ergoss sich über den armen Mann.

Der hörte sich alles gründlich an und sagte erst ganz zum Schluss einen einzigen Satz: „Ich möchte, dass ihr, alle zusammen, Rachel kennenlernt, und danach erwarte ich euren Anruf bezüglich der Einweisung nach Garmisch-Partenkirchen."

Wieder, nach all dem unbeschreiblichen Grauen, welches wir in der Klinik „Zum-Heiligen-Horror-auf-Erden" gesehen hatten, hatten wir alle Angst, was uns erwarten würde, als meine Mutter ein paar Tage später losfuhr, um Rachel vom nächstgelegenen Bahnhof abzuholen.

Und da war sie plötzlich, ein stinknormales Mädchen mit Rheuma. Keine „wandelnde-Ansammlung-von-sämtlichen-Nebenwirkungen-die-man-nur-kriegen-kann-auf-zwei-Beinen".

Sie war blond, schlank, hatte eine Brille und war in meinem Alter. Sie sah so herrlich gesund aus, dass sie mir sogar beweisen musste, dass sie wirklich krank war, da ich anfing zu glauben: Sie kann nur ein Fake sein! Außerdem fragte ich sie, ob alle in GAP so ausschauen würden – so gesund, oder ob sie ein Einzelfall wäre.

Kaum war der Besuch um, wurde mein Aufenthalt in GAP in die Wege geleitet.

In Garmisch-Partenkirchen stellten sie dann meine außergewöhnlich aggressive Form von Rheuma fest und erklärten, dass es zwar gut wäre, mich vor den experimentellen Versuchen und den daraus resultierenden Nebenwirkungen zu schützen, aber mit alternativer Medizin allein sei mein Rheuma nicht in den Griff zu kriegen. Unterstützend – ja, aber als Alleinmittel – höchst utopisch.

XVII
Kindheitsfreunde – In guten wie in schlechten Zeiten?!

„Wir wollen doch immer Freunde bleiben, nicht wahr?"
„Ja, für immer!"
Cap und Capper (1981)
„Für immer ist manchmal kürzer, als man denkt!"

„In schweren Zeiten erkennst du, wer deine wahren Freunde sind!", philosophierte meine Cousine am Telefon. „Ja, das sagt man so schön! Allerdings habe ich genau das Gegenteil erlebt", antwortete ich. „Wie meinst du das, BeaBu? Die waren in schlechten Zeiten da und in den Guten weg?" Jep, genau so!
Und nicht DIE (Plural), sondern SIE (Singular)...

Zweifel über Selbstzweifel

Ich saß im Rollstuhl in der Küche und leistete meiner Mutter beim Kochen Gesellschaft. Nachdem wir schon alle möglichen Themen durch hatten, kam meine Mutter auf meinen wunden Punkt zurück und begann mit dem Thema meiner Abkapselung von der

Welt und meinen nicht existenten Freundeskreis. Gerade als ich protestieren wollte: „Ich brauche niemanden! Die sind alle doof! Keiner kommt auf meinen Zustand klar! Ich ertrage diese mitleidigen Blicke nicht!" Etc. pp. Da zog sie meine beste Freundin aus dem Hut. Ich stutzte und wartete skeptisch, was jetzt kommen mochte.

„Du solltest ihr eine Chance geben, mit der Situation klarzukommen, BeaBu." *Ach nee, ist klar! Warum sollte sie anders sein als alle anderen meiner angeblichen Ach-So- Tollen-Freunde?!* Gerade wollte ich meine Mutter an meinem schnippischen Gedanken teilhaben lassen, da fuhr sie fort: „Ruf sie an! Sie könnte dich überraschen!" Meine Mutter sah mein zweifelndes Gesicht an und setzte schulterzuckend noch drauf: „Was hast du zu verlieren?"

Die halbe Nacht lag ich wach und grübelte darüber nach, was ich zu verlieren hatte.

Einerseits war eine Freakshow, mit der man sowieso nichts anfangen konnte, außer sie sich einmal anzuschauen und schreiend davonzulaufen, so geschehen mit meinen anderen Ach-So-Tollen-Freunden.

Wenn ich sie jetzt nicht in diese Lage brachte, könnte ich sie irgendwann anrufen, wenn das mit dem Rheuma wieder vorbei wäre. (Ja, ich weiß, wie dumm das war. Aber damals war DAS genau die Zeit, als ich noch die Hoffnung hatte, dass Rheuma genau wie Grippe eines Tages einfach wieder verschwindet! Ich meine: Es war ja auch quasi über Nacht gekommen, dann kann es doch bitte auch so wieder gehen).

Andererseits war sie meine beste Freundin, seitdem ich fünf Jahre alt war. Wir wohnten im selben Innenhof und hatten uns bis zu unserem Umzug vor knapp einem Jahr jeden Tag gesehen und etwas zusammen unternommen. Täglich! Und seitdem eben nicht mehr.

Ich vermisste sie zwangsläufig schrecklich.

Sollte ich es wirklich riskieren und sie anrufen?

Das Glück ist mit den Mutigen

„Damals, als du mich nach einer gefühlten Ewigkeit wieder angerufen hast und mir erzählt hast, was passiert ist, dachte ich ernsthaft, du verar@&€ mich,

BeaBu!" Meine Beste und ich saßen im Café an der Hauptstraße und redeten mal wieder über Gott und die Welt. „Jedenfalls," erzählte sie weiter, „als ich dich dann sah, war es wirklich ein Schock! Blitzschnell überlegte ich mir: Ich würde mit dir umgehen wie mit einer teuren Porzellanpuppe. Einer sehr sehr schnell zerbrechlichen, sehr teuren Porzellanpuppe!" – „Als Porzellanpuppe, hm, aber nur wegen meines makellosen Teints!" Die Theatralik strömte aus jedem meiner Worte. Meine Beste prustete fast ihren Kaffee aus, als wir gleichzeitig anfingen zu lachen. Oh Mann, wie gut, dass ich sie damals angerufen habe...

Als sie gleich zwei Tage nach meinem Anruf bei mir am Esstisch saß, merkte ich ihr sofort ihre Unsicherheit an. Ich überspielte es und überlegte, dass ich andersherum wahrscheinlich nicht so locker versuchen würde, mit der Situation umzugehen. Jedenfalls dauerte es keine fünf Minuten und das Eis war gebrochen.

Wir redeten über unsere unterschiedlichen Erfahrungen in der Zeit seit meinem Umzug und stellten fest, dass wir bis auf meine Krankheit in ähnlichen Situationen „gefangen" waren. Knapp einen Monat nach meinem Weggang zog auch sie mit ihren Eltern weg. Allerdings verschlug es sie in ein Kaff JWD hinter der Stadt. Das wiederum isolierte sie eine Weile von ihren Freunden und sie hatte dann, nachdem sie verstanden hatte, dass sie sich nie in dem Dorf einleben würde, beschlossen, mal zu schauen, wer von den alten Leuten noch da war. Jedoch, wenn die hörten, wo sie jetzt wohnte, war keiner bereit, den Weg auf sich zu nehmen.

Da waren wir nun wieder: zwei auf unterschiedliche Art und Weise Gestrandete.

Da ich in meiner Situation sowieso nirgendwo hin konnte, war es mir ganz gleich, wo sie wohnte. Sie hätte ebenso auch auf dem Mond leben können, es hätte keinen Unterschied für mich gemacht. Und da ich andererseits nicht von ihr erwarten konnte, hunderte Stunden zu mir zu fahren, um dann gleich wieder den Heimweg anzutreten, schlug meine Mutter „Wochenend- Pyjama-Partys" vor.

Meine Beste kam jeden Freitag und wir verbrachten das ganze Wochenende zusammen. Jedes Wochenende. Fünf Jahre lang. Wir waren wieder unzertrennlich!

Ist das Verrat, wenn man ein Messer im Rücken spürt, oder ist es nur Betrug, wenn man den Stich ins Herz bekommt?

Ich starrte mit leerem Blick auf mein Handy und registrierte den Text nur am Rande. Der nächste Rechtfertigungsversuch per SMS ohne Einsicht, ohne Entschuldigung, dafür ein Vorwurf nach dem nächsten: „Aber BeaBu, wir haben doch auch mal das Recht, ein Wochenende ohne dich zu verbringen! Ich meine, was erwartest du denn? Ein Exklusivrecht auf uns?" Hmm, gute Frage: Was erwartete ich von einer dekadenlangen Freundschaft und meinen anderen Freunden?

Jedenfalls nicht, dass man mir in den Rücken fiel, mich hinterging und anlog!

Und das Recht auf ein Wochenende mal ohne mich war maßlos untertrieben ausgedrückt, wenn man bedachte, dass ich aus heiterem Himmel acht Wochenenden mit den Worten vertröstet wurde: „Sorry, BeaBu, ich bin so durch von der Arbeitswoche, ich mach einen Gemütlichen!" Von jedem Einzelnen meiner mittlerweile vierköpfigen

Clique! Um dann im Nachhinein zu erfahren, dass sie acht Wochenenden Party ohne mich gemacht hatten und mir dabei erzählten „im Himmel sei Jahrmarkt"!

Schön, dass sie einen neuen Schlafplatz für's Wochenende in der Großstadt gefunden hat!, dachte ich mir gehässig beim Anblick der SMS.

Wieso zum Teufel...? bei der nächsten und einfach nur *Warum?* dann bei der letzten SMS.

Drei Monate lang: Vorwürfe über Vorwürfe, Rechtfertigungen über Rechtfertigungen und zum Schluss: Ich sei ja selber schuld, sie hätten keine andere Wahl gehabt.

Ich fühlte mich schlecht! Ich fühlte mich allein und mir ging es hundeelend!

Kurz: Ich war ein Schatten meiner selbst!

Ich zog mich so sehr zurück, dass meine Eltern anfingen, mich zu ihren Freunden mitzunehmen, damit ich nach Monaten überhaupt wieder mal das Haus verließ.

Kurz darauf traf ich nochmal auf meine Ex-Beste und während sie aussah wie das blühende Leben, sah ich hingegen immer noch aus wie ein Schluck Wasser in der Kurve. Da begriff ich, dass ich mich, bei all der

Sch@&€, die ich schon durchgemacht hatte, komme was wolle, nie wieder und egal wovon so runterziehen lassen würde, und stakste erhobenen Hauptes davon. Hey, ich hatte fünf zusätzliche gute Jahre mit ihr und jetzt wurde es Zeit für Menschen, die mich wieder zu schätzen wissen!

XVIII
Röntgenbilder und andere Trugbilder

„Du hast eine Meise, oder?"
„Das höre ich nicht zum ersten Mal."
„Das macht eben die Besten aus."
Alice im Wunderland 2 (2016)
„Anders kann man das alles auch nicht überleben!"

Es war mitten in der Nacht und nach einer geschlagenen Ewigkeit in der Notaufnahme saß ich auf der Behandlungsbank und traute meinen Augen nicht. Wie in einem Theaterstück betraten nach und nach nicht ein Arzt, nicht zwei Ärzte, sondern vier Ärzte den Behandlungsraum. „Nicht bewegen, BeaBu! Sie dürfen ja keine Bewegung machen! Nicht zucken, atmen oder blinzeln!" Es standen tatsächlich vier Ärzte vor mir und einer hielt eine Halskrause im Arm.

Und da wurde mir alles klar...

Guter Rat ist teuer

„Nach diesen Röntgenbildern von Ihrer Hüfte dürften Sie weder gehen, stehen noch sitzen können, BeaBu!" Ein ratloser Orthopäde stand vor mir und kratzte sich am Kopf. „Und doch kriege ich mein Knie gestreckt bis zur Nase!", erwiderte ich grinsend. „Ja", fuhr der Arzt ratlos fort, „ich sehe es: wie ein Klappmesser! Einfach erstaunlich! Aber viel beunruhigender finde ich die Bilder Ihrer Halswirbelsäule. Sie brauchen unbedingt ein neurochirurgisches Konsil! Es sieht höchst dramatisch aus. Ich überweise Sie zu dem Besten auf dem Gebiet: Herrn Chefarzt Prof. Dr. Fabelhaft!" *Aber nur über meine Leiche* und die würde ich auch spätestens sein, wenn ich diesen Quacksalber auch nur in die Nähe meines Nackens ließ! Eiskalt lief es mir den Rücken runter: „Danke, aber ich entscheide selber, wer gut auf seinem Gebiet ist, und lasse Ihnen dann den Arztbericht zukommen!" Vorsichtig, aber dennoch, kopfschüttelnd verließ ich die Praxis: *Herr Chefarzt Prof. Dr. Fabelhaft, soweit kommt's noch!*

„Was soll ich Ihnen zu solchen Bildern sagen, BeaBu?" Herr Prof. Dr. Neuro-Realist betrachtete

159

abwechselnd meine Röntgen- bilder und wieder mich und lächelte. „Nun ja, ich kann verstehen, wovon meine Kollegen so in Panik versetzt werden. Sowas sieht man schließlich auch nicht alle Tage. Jedoch sollten Sie sich, BeaBu, davon nicht erschrecken lassen!" Er blickte mich aus steinalten, weisen, gütigen Augen an und nahm mir nach und nach die Panik.

„Schau, BeaBu, du hast doch Rheuma?", wechselte er plötzlich vom formellen Ton in einen sehr vertrauten.

„Ich hab davon gehört!", unterbrach ich ihn augenzwinkernd. „Na siehst du!", ging er kurz auf meinen Sarkasmus ein und antwortete weiter: „Deshalb kann kein Arzt sagen, wie lange deine Halswirbelsäule schon so aussieht und wie lange du damit schon lebst! Geht es dir gut?"

Abgesehen davon, dass mein Nacken ein Totalschaden ist, bei dessen Anblick sich jeder Arzt bis an mein Lebensende bekreuzigen wird? „Ja! Mir geht's gut!" – „Schlafen dir beim Lesen oder Schreiben die Hände beziehungsweise Arme ein?"

– *Hmmmm, ist mir das schon jemals passiert?* „Nein!"

– „Sehr gut! Solange das nicht passiert, würde ich den Teufel tun und es operieren! Lass die Finger davon, es sei denn, deine Arme fangen an zu kribbeln. Mach dich nicht verrückt und sei nicht zu waghalsig. Dann passiert das vielleicht auch niemals!"

Na das ist doch mal eine Aussage, mit der man leben kann.

Zurück in der Notaufnahme

Gut, dass ich selber darauf gekommen war, was mir fehlte, sonst würde ich mir bei dem Anblick der vielen Ärzte bestimmt in die Hose machen, aber soooo... Ich fing schallend an zu lachen und sah in das verdutzte Gesicht meines Mannes. „Ich bin selber schuld! Ich hab sie meine Halswirbelsäule röntgen lassen!", prustete ich zur Erklärung an meinen Mann gewandt heraus. Ich war mitten in der Nacht mit einem kribbelnden, höllisch schmerzenden linken Arm aufgewacht und dachte: „Sch@&€$ mein Nacken, jetzt ist es soweit!"

Aber bevor mich die verwirrt blickenden Ärzte auch noch wegen Unzurechnungsfähigkeit wegsperren konnten, riss ich mich zusammen und fuhr an sie gewandt fort: „Entschuldigen Sie, meine Herren, es ist alles in Ordnung!" Das ließ meinen Geisteszustand nicht besser wirken. Also beeilte ich mich und sagte: „Während ich auf die Röntgenbilder gewartet habe, ist mir bewusst geworden, dass ich mir lediglich den Nerv in der Schulter eingeklemmt habe und daher die Schmerzen in meinem Arm kommen. Und nicht, weil mein Nacken sie verursacht hat, wie ich zuerst befürchtet hatte. Es tut mir leid, dass ich Sie erschreckt habe, aber könnte ich jetzt endlich was gegen den schmerzenden Nerv bekommen und wieder nach Hause gehen?"

Immer noch sehr skeptisch und ganz langsam fing einer der Ärzte zu reden an: „Sie wissen, wie es um Ihre Halswirbelsäule steht, BeaBu?" Um ihn nicht zu überfordern, lächelte ich ihn behutsam an. „Ja, das weiß ich!", seufzte ich leicht geknickt und klärte alle Anwesenden weiter auf: „Aber solange ich keine neurologischen Auffälligkeiten zeige, werde ich es nicht operieren lassen, und da ich mitten in der Nacht mit einem kribbelnden schmerzenden linken Arm aufgewacht bin, hatte ich kurzzeitig den Verdacht, jetzt sei es soweit. Aber je länger ich auf Sie gewartet habe, desto wahrscheinlicher kam es mir vor, dass es nur ein eingeklemmter Nerv ist. Ist das so? Ist es ein eingeklemmter Nerv?"

Der Arzt seufzte resigniert, bestätigte den Nerv und setzte nochmal zweifelnd an: „Sie haben uns einen schönen Schrecken eingejagt, BeaBu! Tun Sie mir den Gefallen und lassen Sie mich Ihnen die Halskrause anlegen." Er sah meinen Gesichtsausdruck und ergänzte schnell: „Nur, bis Sie zu Hause sind. Für die Versicherung und mein Seelenheil." Der Arme tat mir wirklich leid. „Für die Versicherung und Ihr Seelenheil", wiederholte ich seine Worte und fügte altklug hinzu: „Ansonsten wissen Sie ja selber, dass eine Schaumstoff-Halskrause mich nicht vor dem Schicksal meines Nackens bewahrt."

Zehn Jahre später: Totalschaden, oder doch nicht? Vielleicht ein bisschen?!

„Aber BeaBu, ich halte das für höchst verantwortungslos, Sie mit solchen Nackenschäden durchs Leben gehen zu lassen! Ich meine, kennen Sie die Risiken? Kennen die Ihre Mutter und Ihr Mann?" Eine völlig verzweifelte Stationsärztin versuchte alles, um mich von einer Operation an der Halswirbelsäule

163

zu überzeugen, und ich versuchte wiederum alles, um ihr ein gutes Gefühl zu geben, meine Entscheidung zu akzeptieren. „Ok", setzte ich mein Gespräch an, „lassen Sie sich die Röntgen- Aufnahmen aus der Notaufnahme von vor zehn Jahren zukommen und wir vergleichen die Bilder. Sollte dabei irgendeine Veränderung ersichtlich sein, reden wir weiter!" Ich verließ das Zimmer und rief meine Schwester an. „Ich bin es leid, dass immer, wenn ich von einem neuen Arzt geröntgt werde, alle so übertreiben müssen!" Genervt klagte ich ihr mein Leid. „Na du hast ja gut reden, BeaBu! Du hast ein Loch in der Halswirbelsäule. Wie würdest du an deren Stelle reagieren?", gab sie zurück. „Jaaa, und deshalb warne ich sie auch immer, bevor sie mich röntgen: ‚Bitte nicht erschrecken, es sieht schlimmer aus, als es ist!' Aber die hören grundsätzlich nicht auf mich!" Haare raufend versuchte ich meinen neuerlichen Unmut runterzuschlucken. „Na was erwartest du denn auch, BeaBu? Es sind Ärzte, und sie sehen sowas dennoch nicht jeden Tag! Und wenn sie sowas dann doch sehen, wird denen bestimmt ganz anders!"

Wenn sie nur wüsste, wie recht sie hatte, aber „ganz anders" war gar kein Ausdruck! Der Anblick der Stationsärztin erinnerte eher an das Kaninchen vor der Schlange, bei dem ganzen Angstschweiß auf der Stirn. Und so sehen 99% aller Ärzte beim Anblick der Röntgenbilder aus.

Eine Woche später saß ich wieder im Zimmer der Stationsärztin. „Also, BeaBu, die Bilder sind gekommen und es gibt keinerlei Veränderung. Weiterhin zeigen die Ergebnisse des neurologischen Konsils von letzter Woche keinerlei Auffälligkeiten." Eine Tonne Steine, von denen ich bis dahin noch nicht mal wusste, dass sie da waren, fiel mir vom Herzen. Ja, ich bin eben auch nicht aus Holz und mich lässt die Angst um meinen Nacken auch nicht kalt. Ich verdränge nur gesund die Gedanken daran. „Ich rate Ihnen dennoch dringend, diese Operation zu machen!" *Wie bitte? Was?* „Aber warum sollte ich mich einer höchst riskanten Operation unterziehen, bei der das Risiko besteht, vom Hals abwärts querschnittsgelähmt zu bleiben, beziehungsweise die Chance, dabei zu sterben, überhaupt höher ist als die

Erfolgsrate?" Wo blieb die Logik, wenn trotz all meiner Erlebnisse in der letzten Dekade meine Halswirbelsäule unverändert geblieben war? „Weil die Alternative, BeaBu, das genauso vorsieht! Ich meine, es kann jeden Augenblick so kommen, dass sich Ihre Halswirbelsäule verschiebt und Sie dann gelähmt oder tot sind! Auch wenn ich das zugeben muss, die Wahrscheinlichkeit scheint auf Ihrer Seite zu sein. Dank der Röntgenbilder sehe ich, dass der Zustand in den letzten zehn Jahren unverändert geblieben ist! ..."
– Und ich sehe sogar noch mehr: *Wenn meine Halswirbelsäule meine Sturm-und- Drang-Zeit unverändert überlebt hat, dann werden die kommenden Jahre für sie ein Klacks sein müssen! Toi, Toi, Toi!!!* – „... Und deswegen könnte man vielleicht davon ausgehen, dass sich Ihr Nacken gegebenenfalls in den nächsten Jahren auch nicht verschieben wird. Vielleicht sogar niemals." Verblüfft schaute ich meine Stationsärztin an. „Ich soll also, Ihrer Meinung nach, diese höchst riskante Operation machen, obwohl ich sie vielleicht nie brauchen werde und im besten Fall einen steifen Frankenstein-Hals bekomme und im schlimmsten Fall gelähmt oder tot sein werde?

166

Würden Sie es denn tun, wenn es um Ihren Hals gehen würde?"

Baff von meiner scharfsinnigen Antwort dachte die Stationsärztin kurz nach und sagte: „Ja, ich könnte so nicht leben! Nicht mit dem Wissen, dass es jeden Moment aus sein könnte. Dass jeden Moment etwas passieren könnte." Ich fing an zu lachen: „Aber das, was Sie beschreiben und so fürchten, nennt sich Leben. Es kann immer etwas passieren, ob man gesund oder krank ist, und dann kann es vorbei sein! Das Leben ist unberechenbar und das wird es auch bleiben, ob mit Operation oder ohne. Es kann immer noch ein Ziegelstein vom Himmel fallen oder ein Auto mich überfahren oder oder oder." Sie fing an, mit zu lachen: „Na gut, ich hoffe für Sie, dass Ihr Nacken hält! Aber wenn Sie irgendeine Art..." – „... irgendeine Art von neurologischer Störung feststellen... Ich weiß, dann komme ich um eine Operation nicht herum", unterbrach ich sie seufzend. Wir verabschiedeten uns voneinander, wohlwissend, dass keiner von uns je nachgeben würde, aber wir gegenseitig unsere Meinung nachvollziehen und respektieren konnten.

167

XIX

Roboterbeine

„Nach allen bekannten Gesetzen der Schwerkraft ist es unmöglich, dass eine Biene fliegen kann!"
Bee Movie (2007)
„Jetzt ist es raus: Ich bin eine Biene!"

Weit unter mir: das glitzernde Meer! Weit über mir: strahlend blauer Himmel! Es lag so viel Salz in der Luft, dass man es nicht nur riechen konnte, sondern man es auf der Zunge schmeckte. Ich saß in einer Art Geschirr und betrachtete meine schaukelnden Beine. Beugen und strecken, strecken und beugen. Ich schaukelte mitten in der Luft.

Plötzlich ging ein Ruck durch meinen Fallschirm. *Huch, das fühlte sich aber gerade seltsam an, aber das Seil, mit dem der Fallschirm am Boot befestigt ist, wird ja wohl halten* und ich fing an, mich über mich selber lustig zu machen! *BeaBu, du bist eine kleine Schi@&erin! Ein Adrenalinjunkie: ja! Aber dennoch, eine kleine Schi@&erin! Und natürlich wird das Seil*

168

nicht reißen! Jetzt entspann dich wieder und genieße den herrlichen Ausblick und die Friedlichkeit hier oben. Hurra, ich fliege!

Mann oh Mann, jetzt sollte mich mal Herr Prof. Dr. Oberschlau sehen!

Hau-Ruck-Aktion und jetzt?

„Finden Sie sich damit ab! Sie werden nie wieder laufen können! Finden Sie sich damit ab! Sie werden nie wieder laufen können! Finden Sie sich damit ab! Sie werden nie wieder..."

Die Worte drehten sich wie ein Karussell in meinem Kopf, immer und immer wieder. *Musste der Herr Prof. Dr. Oberschlau mir das unbedingt so unverblümt ins Gesicht sagen? Und das auch noch vor meiner Mutter? Was hat der denn erwartet? Dass wir sagen: „Ja, also wenn Sie es so sagen, dann haben Sie vollkommen recht! Endlich spricht es einer aus und wir können getrost alle unsere Hoffnung und Mühe vergessen und ein schönes Leben im Rollstuhl beginnen!" Sorry, so sind wir nicht. So bin ICH nicht!*

War doch klar, dass wir spätestens daraufhin irgendeinen Blödsinn anstellen.

Oder war das nur für uns klar?

Jedenfalls saß ich nun seit Wochen und Monaten auf meiner Matratze im Wohnzimmer und betrachtete meine gestreckten Knie.

Zwei lange rote Narben schlängelten sich direkt darüber hinweg, aber irgendwie sahen die beiden immer noch nicht aus wie andere Knie: Meine sahen so knubbelig verschoben aus.

Klasse, vorher konnte ich sie nicht mehr strecken, jetzt kann ich sie also nicht mehr beugen! Was für ein Fortschritt! Trauriger Sarkasmus sickerte durch jeden einzelnen meiner Gedanken.

Wenn ich schon vor der Operation geglaubt hatte, es könne nicht schlimmer werden, und das, obwohl ich „nur" im Rollstuhl saß, dann musste das jetzt endgültig der Tiefpunkt sein!

Seit Monaten fühlte ich mich wie eine gestrandete Meerjungfrau. Egal, was ich jetzt tat, vom In-den-Rollstuhl- setzen bis zum In-die-Badewanne-kommen, ich brauchte Minimum drei Personen dafür. Einen links unter den Arm, einen rechts unter den Arm und einen, der meine Beine trug. Hinzu kam, dass jetzt die Kunst, so wenig wie möglich Erschütterung in die Bewegung zu bringen, noch weiter perfektioniert werden musste, denn sobald meine Beine auch nur einen Millimeter gebeugt oder falsch bewegt wurden, waren die Schmerzen zum Aus-der-Haut-fahren. Also reduzierte ich meine „Umlagerungen" auf das Minimum. Was zur Folge hatte, dass ich vollends im Wohnzimmer lebte. Ich hatte zwar mittlerweile einen Rollstuhl für gestreckte Beine, aber der war sau-unbequem. Außerdem war ich mit ihm schon vermehrt nach vorne übergekippt, weil ich das Gleichgewicht verloren hatte, was die Schmerzen erst recht unerträglich machte.

„Finden Sie sich damit ab!" *Im Leben werde ich mich nicht damit abfinden! Aber wie soll das jetzt nur weitergehen?*

Wiedergutmachung vs. schlechtes Gewissen

„Wie konnten Sie das nur tun?" Meine Mutter rief in der Kinderklinik an und ich hörte die entsetzte Stimme meines Stationsarztes durch das Telefon.

Schlagartig verließ meine Mutter das Wohnzimmer und ging die Treppe hinauf. Was für eine Gemeinheit, aber was soll's, sie würde mir die Highlights später sowieso berichten. 20 Minuten später kriegte ich die Information, dass man sich bei uns meldete, sobald man eine Lösung für unser Dilemma gefunden hatte.

Eine Woche später kam meine Mutter mit leuchtendem Gesicht von der Arbeit nach Hause und berichtete, dass Herr Prof. Dr. Oberschlau sie heute angerufen hatte. Er habe sich eine gute Dreiviertelstunde bei ihr entschuldigt, dass er sowas gesagt und uns in so eine Lage damit gebracht hatte, und bat nun um eine Chance, dies wieder gutzumachen. Jetzt könne und wolle er uns helfen. Unter anderem baute er in seiner Klinik Stabilisierungsschienen, um die Fortschritte nach seiner Behandlung (die er uns verwehrt hatte und die jetzt nicht mehr in Frage kam) zu festigen. Ich sollte unverzüglich an den Chiemsee transportiert werden, um die Schienen für mich anfertigen zu lassen.

Meine Roboterbeine

Drei Monate verbrachte ich in der schlimmsten Klinik meines Lebens. Die Klinik und ihre Patienten glichen mehr einem Gruselkabinett als allem Anderen. Abgesehen davon, dass allein das Klinikgebäude alt, hässlich und ungemütlich war, litten die Patienten hier (wegen der Spezialisierung auf die Ilizarov-Methode) unter Kleinwüchsigkeit, spastischen Lähmungen und/oder geistigen Behinderungen. Es wäre vielleicht halb so schlimm gewesen, wenn wenigstens die Klinik ein wenig modernisiert gewesen wäre, aber so... es war einfach nur grau und trostlos.

Einziger Lichtblick waren die zweimal wöchentlich statt-findenden Anpassungstermine für die Schienen. Diese wurden in einer höchst modernen Orthopädie-Werkstatt vorgenommen und die Schienen in minutiöser Handarbeit angefertigt.

„Also, BeaBu, schau genau hin, denn du musst das zu Hause anleiten können!"

Ich saß bei meinem endlich letzten Termin in der Orthopädie-Werkstatt und versuchte, mir alles zu merken, was ich sah.

Hmmm... so schwer ist das gar nicht und vor allem ist die Reihenfolge höchst logisch und selbsterklärend.

Zuerst den Baumwollschlauch über das ganze Bein ziehen, damit die Haut keinen Schaden nimmt. Dann das Bein in die Schaumstoffhülle stecken, die zeitgleich meine deformierten Knie stützt und die Polsterung für die Kunststoffschiene ist. Dann die eigentliche Kunststoffschiene in einer Drehbewegung über dem Knie in Position bringen und vorne am Oberschenkel und hinten am Unterschenkel mit zwei Plastikschalen verschließen. Anschließend das Fußteil samt Schuh dranschrauben und Trommelwirbel....

Ta-ta-ta-taaaa, ich kann stehen. Wow, was für eine andere Perspektive das von hier oben ist! Ich hatte es schon ganz vergessen. Ok, ich kann meine Knie immer noch nicht beugen, dafür kann ich aber schon mal stehen und mit gestreckten Beinen wie ein Zinnsoldat laufen.

Darauf kann man definitiv aufbauen!

Bevor ich in die Luft ging

„Wenn ich einmal 80 bin, dann werde ich es machen."
Verträumt saß ich im Strandcafé und schaute auf das

offene Meer hinaus, wo in der Ferne kleine Boote kleine bunte Fallschirme hinter sich herzogen. „Irgendwann, wenn ich nichts mehr zu verlieren habe, werde ich die durchgeknallteste Oma sein, die die Welt je gesehen hat!", seufzte ich leicht verbittert. „Wovon redest du, BeaBu, Liebling?" Meine Mutter schaute mich verdattert an. „Du brabbelst schon seit Tagen so einen Blödsinn! Wovon redest du?" Dass ich das schon mal vorher erwähnt hatte, war mir gar nicht bewusst.

Ich fing an zu lachen und zeigte auf die ganzen Parachutes in der Ferne: „Ich rede vom Parasailing." Meine Mutter folgte meinem Finger, runzelte die Stirn und sagte: „Warum bis 80 warten? Lass doch einfach mal schauen, wie die starten und landen, und wenn das gesichert ist, spricht nichts dagegen, es jetzt schon zu tun! Also wirklich..." Sie schüttelte lachend den Kopf „... bis 80 warten. Wer weiß, was bis dahin noch kommt?"

Tja, wer weiß das schon?

XX

Fußball Europameisterschaft 2016 – Wie ich dazu kam nach Marseille zu fahren

„Soll das etwa ein Fußballspiel sein?"
„Tiere sind nun mal so!"
„So ein Verhalten sollte es bei Tieren auch nicht geben!"
Die tollkühne Hexe in ihrem fliegenden Bett (1971)
„Worauf habe ich mich da nur wieder eingelassen?"

„Ob wir es noch rechtzeitig schaffen? Gleich ist Anpfiff!" Wo war nur die Zeit geblieben? Gerade noch überlegten wir uns, was wir mit dem Tag anstellen wollen, da liefen wir auch schon mitten zwischen besoffenen und grölenden Fußballfans ins Stadion rein. *Wow, was für eine Menschenmasse.* Gerade als ich versuchte, mich an den Anblick so Vieler zu gewöhnen, sprangen alle plötzlich auf und machten im Gleichklang: „HUH!" War ja klar, in dem Moment, wenn ich ins Stadion komme, mussten 80.000 Menschen den Island-Gruß machen.

Mir wurde schlecht! Diese enorme Menge, diese Energie, diese unbeschreibliche Stimmung – mein

Herz rutschte in die Hose. *Was ist, wenn jetzt doch ein Anschlag passiert? Was ist, wenn sie sich doch wieder anfangen zu prügeln? Was, wenn sie einfach nur Panik bekommen und losstürmen? Was, wenn ich jetzt einfach Panik kriege?*
FUuuuuaaaa! Wie konnte ich uns nur in so eine Situation bringen????

Eine unverhoffte Gelegenheit

A-Hörnchen war zu Besuch und wir redeten über unsere Urlaubspläne. „Stell dir mal vor, BeaBu, wir haben bei dieser EM2016-Kartenverlosung mitgemacht und tatsächlich jeweils vier Karten für die Viertelfinalspiele und ein Halbfinalspiel gewonnen! Aber irgendwie ist die Resonanz bei uns im Freundeskreis darauf nicht wirklich groß. Jedenfalls haben wir noch zwei Karten für zwei Spiele übrig." Strahlend blickte ich ins Gesicht meines Mannes und konnte seinen Ausdruck schwer deuten. *Wollen wir mit?* Ich konnte es nicht sagen. Zugegeben, wirkliche Fußballfans waren weder ich noch er, aber eine Gelegenheit wie diese kam bestimmt nicht noch mal. Irgendwann könnten wir unseren Enkeln erzählen:

„EM 2016 – Wir waren dabei!" Ich wendete mich an A-Hörnchen: „Lass mir paar Tage Zeit. Ich schau mal, was uns das kleine Abenteuer kosten wird, und dann gebe ich dir Bescheid."

Und tatsächlich, als ob das Schicksal es so wollte, kostete uns die komplette Reise 'nen Appel und 'n Ei.

EM! EM! Wir fahren zur EM! Oder etwa doch nicht?

„Wie, ihr fahrt zur EM, BeaBu??? Habt ihr nicht die ganzen Ausschreitungen gesehen? Die ganzen Hooligans? Gefühlt ganz Marseille brennt! Die hauen sich bei lebendigem Leibe die Köpfe ein! Ihr könnt nicht fahren!" Alle waren entsetzt! Von jedem, dem wir es erzählten, kam dieselbe Reaktion, und tatsächlich, so viele Ausschreitungen wie bei dieser Fußball-Europameister- schaft waren mir bisher noch nie aufgefallen. Vielleicht hatte ich sie auch einfach nie so wahrgenommen, weil ich ja auch nicht hin wollte. Jedenfalls waren die Nachrichten beängstigend. Nicht nur die ganzen Prügeleien auf den Straßen, sondern auch direkt im Stadion bereiteten mir Kopfzerbrechen. Was, wenn das in meinem Block passierte? Ich wäre dann sofort Mus mit meinen Knochen, soviel stand fest.

Ich rief A-Hörnchen an: „Sonnenschein, ich weiß, wir haben zugesagt, aber die ganzen Nachrichten lassen mich nicht mehr los! Es sieht aus, als wäre die Hölle losgetreten worden." – „Ja, BeaBu, aber vergiss nicht: Ihr kommt zum Halbfinalspiel", setzte sie an mich zu beruhigen, „bis dahin sind die ganzen Mannschaften, die Hooligans haben, längst raus!" Und so fing ich an, jedes einzelne Spiel zu beobachten und die Daumen zu drücken, dass auch ja alle Idioten weg wären, bis wir hinkamen. Und tatsächlich! Erst als ich im Flugzeug saß, war ich selber wirklich davon überzeugt, dass wir zur EM 2016 flogen.

Wie Gott in Frankreich?!

Pluspunkt: Man kann in Marseille von überall das Meer sehen und ich, ich liebe das Meer. Nicht um unbedingt darin zu schwimmen – ich hasse den Gedanken, dass es da um mich herum nur so von Tieren wimmelt, da bin ich lieber im chlorverseuchten Pool – aber ich liebe den salzigen Geruch und den Anblick. Besonders bei Nacht.

179

Dieser endlos glitzernde schwarze Spiegel hat etwas atemberaubend Beruhigendes an sich. Zu gruselig, um darin zu schwimmen, aber um abzuschalten und seine Gedanken baumeln zu lassen, gibt es nichts Schöneres für mich.

Minuspunkt: Marseille ist eine überteuerte, hügelige Hafenstadt, in der es hinter jeder zweiten Ecke nach Pis&@ stinkt.

Wir waren schon ein paar Tage vor dem Halbfinale dort und erkundeten die Stadt.

Am ersten Abend entdeckten wir ein tolles kleines Fisch- restaurant direkt seitlich vom Pier und ließen es uns mit einer Flasche Wein gutgehen.

Den zweiten Tag verbrachten wir den Vormittag am Strand und erkundeten nachmittags die Stadt.

Am dritten Tag hatten wir den Sonnenbrand unseres Lebens (trotz Sonnencreme), und so schauten wir uns nach Aktivitäten um, die nicht unter freiem Himmel stattfanden, und gingen in die Einkaufspassagen und in eine kleine Eismanufaktur, die schwarzes Vanilleeis herstellt.

Am vierten Tag hatten wir immer noch nicht große Lust, uns allzu viel draußen aufzuhalten, und gingen in die Picasso-Ausstellung.

Am Abend des vierten Tages trafen wir auf A-Hörnchen und ihren Partner, die soeben vom Viertelfinale aus Paris gekommen waren, und gingen zum ersten Halbfinalspiel an den Strand zum Public Viewing. Schnell war das Spiel entschieden, und wir genossen den malerischen Sonnenuntergang und machten Pläne für den kommenden Tag, an dessen Abend wir im Stadion das Halbfinalspiel sehen würden.

Die Geburtsstunde von BeaBu

„Das ist ja wie in Twilight hier", lachte ich und zeigte auf die Klippen.

Wir schipperten in einem Touristenboot zu den Kalksteinfelsen. Gerade noch hatte ich das azurblaue Meer unter uns bewundert, da waren mir die vielen Klippenspringer an der Felswand aufgefallen.

„Verrückt! Das würde ich mich nie trauen!", stellte ich erstaunt über mich selbst fest. A-Hörnchen und ich saßen in der ersten Reihe des Bootes und unterhielten uns, während unsere Männer was zu trinken organisierten.

Gerade noch hatte A-Hörnchen von ihrem neuen Job in der PR-Agentur erzählt, als das Thema auf mich rüberschwänkte. „Hör mal, BeaBu, du könntest deine Geschichte erzählen: Wie dein Leben bisher war, wie es jetzt ist, deine Einstellungen und Zukunftswünsche." Ich war Feuer und Flamme und gleichzeitig furchtbar skeptisch. „Wird das überhaupt einer wissen wollen?" *Wie wird es ankommen? Bis jetzt hat sich eigentlich schon jeder, den ich traf, dafür interessiert, aber ist es nicht zu selbstverliebt, zu denken, es interessiere die Masse?* „BeaBu", unterbrach sie meinen Gedankengang, „du hast eine unglaubliche Lebensgeschichte, und jeder Hinz und Kunz erzählt was über sich. Da wirst du hervorstechen wie ein bunter Hund." Ja, das glaubte ich gern. Nachdenklich betrachtete ich den Horizont: *Würden sie es mögen oder es einfach nur peinlich finden?* „Komm, BeaBu, denk darüber nach und lass uns einen Plan machen, wenn wir wieder zuhause sind." Und mit den Worten stiegen wir bereits wieder von Bord.

182

Deutschland gegen Frankreich

Ok! Tief durchatmen! Nur keine Panik! Jetzt sind wir eh schon hier!

Langsam stieg ich die Treppe des Stadions empor und suchte nach unseren Sitzen. Sollte irgendwas passieren, jetzt konnte ich es nicht mehr verhindern, also konnte ich mich genauso gut entspannen und es auf mich zukommen lassen.

Leichter gesagt als getan, denn als ich unsere Plätze erreichte, stellte ich mit Entsetzen fest, dass genau vor mir ein halbnackter, muskelbepackter, glatzköpfiger Riese stand, der jetzt schon völlig auszuflippen schien.

Oh oh! Na das kann ja was werden.

Ich schaute mich im Stadion um und stellte überrascht fest, wie klein so ein Fußballfeld eigentlich ist. Ich meine, ich kenne Bolzplätze noch aus meiner Kindheit, aber im Fernsehen sehen die Fußballfelder immer so riesengroß aus, wo die Spieler kilometerweit rennen müssen, dabei ist es gar nicht so groß.

Da reichte mir A-Hörnchen eine selbst mitgebrachte Boateng-Maske und der Anpfiff ertönte. Was soll ich sagen, das Spiel lief alles andere als gut für Deutschland, und zu meinem größten Entsetzen hatte der Riese in Shorts und Adiletten jedes Mal, wenn ein Tor für Frankreich fiel, so einen heftigen Orgasmus, dass ich fürchtete, irgendein fanatischer Deutschland-Fan würde sich bestimmt provoziert fühlen.

Zu meinem Glück blieb aber alles friedlich, und bis auf die leichte Enttäuschung, dass Deutschland verloren hatte, war es doch eine interessante Erfahrung.

EM 2016 – ich war dabei!

XXI
Die Kämpfernatur

„Solange es Leben gibt, gibt es auch Hoffnung!"
Die Entdeckung der Unendlichkeit (2014)
„Hoffnung ist wirklich eine kleine Bi&@h!"

„Also, BeaBu, ich kenn dich ja nun seit Jahren und bei mir machst du immer den Eindruck eines taffen Stehaufmännchens. Aber sag mal, BeaBu, ganz ehrlich: Weinst du auch manchmal?" Ich verschluckte mich fast an meinem Kaffee. Gerade saß ich noch seelenruhig beim Haare färben, da kam plötzlich diese Frage aus dem Nichts. Aber warum überraschte mich das nur so? *Hmmm, mal überlegen, wann hab ich das letzte Mal so richtig Rotz und Wasser geheult?*

Hoffnung in hoffnungslosen Zeiten

Es war Sommer. Eigentlich hätte ich mich jetzt mit Freunden zum Baden getroffen, wäre Fahrrad gefahren oder hätte meine geliebten Rollschuhe umgeschnallt und den Wind in meinen Haaren genossen. Anstelle dessen saß ich in meinem neuen

185

Sessel im Wohnzimmer und starrte auf den Fernseher, ohne auch nur am Rande zu registrieren, was dort lief. Um ehrlich zu sein, starrte ich mehr die Wand hinter dem Fernseher an und fühlte mich genauso leer.

Das war jetzt also mein neues Leben: Im Wohnzimmer auf der Matratze aufwachen und entweder in den Rollstuhl oder den Sessel robben. Den Tag in diesem Ding sitzen und mich abends wieder auf die Matratze legen und schlafen. Wie lange würde ich das so noch ertragen? Ich war nicht mehr ich und irgendwie doch noch, aber irgendwie fühlte ich nichts mehr.

Alle versuchten mich irgendwie einzubinden, aber egal was geschah oder wer zu Besuch kam, es war mir egal! Alles war egal! Und wenn ich zugab, dass es nicht egal war, dann wurde ich unendlich traurig, weil ich wahrscheinlich nie wieder irgendwas Normales machen würde.

Vielleicht sollte ich all dem ein Ende setzen? Leichter gesagt als getan, da ich mich so null bewegen kann. Kann mir nicht jemand den Gnadenstoß verpassen? Was mache ich hier noch? Und da war sie wieder, die kleine Stimme in mir, die flüsterte: „Und was, wenn ich heute sterbe, und morgen entdecken sie ein Mittel gegen Rheuma?" Tja, dann wäre ich die Angeschmierte, denn ich hätte nichts mehr davon. Und was würde aus meiner Familie werden, wenn ich nicht mehr wäre? Nein, alleine deswegen könnte ich es niemals in die Tat umsetzen.

Aber so konnte ich auch nicht leben – gefangen in mir selbst.

Der Schlüssel zu meinem Gefängnis

Ich saß die x-te Woche in meinem Sessel. Draußen vor dem Fenster wurde allmählich das Grün zu Gelb und Orange. Eigentlich sah es ja ganz hübsch aus, aber irgendwie registrierte ich es nicht wirklich.

Sie war zu Besuch gekommen und saß mir direkt gegenüber, und irgendwie erwartete ich dieselbe alte Leier: „Du wirst sehen, alles wird gut, alles wird besser!" – „Das Leben im Rollstuhl kann auch toll sein!" Bla bla bla bla ... Meinetwegen, es konnte bestimmt toll sein, aber nicht, wenn man so hilflos war wie ich und jede Bewegung und Berührung schmerzte. Vielleicht lag cs daran, dass sie selber starkes Rheuma hatte, aber irgendwas war an ihrem Besuch diesmal anders.

Sie saß mir gegenüber und schaute mich eine gefühlte Ewigkeit einfach nur an. Schließlich sagte sie: „Ok, BeaBu! Ich hole jetzt ein Messer aus der Küche und dann beendest du diesen Wahnsinn!" Ich war baff! *Hab ich gerade richtig gehört? Da ist jemand bereit, mir den Gnadenstoß zu geben?*

„Wie meinst du das?", fragte ich leise. „Na, entweder du beendest es direkt hier und jetzt, BeaBu, oder du fängst wieder an zu leben!"

Da brachen zum ersten Mal alle meine Dämme, ich fing an zu weinen. Schluchzend brachte ich hervor: „Aber was ist, wenn sie morgen was gegen Rheuma entdecken? Und was wird aus meiner Familie?" – „Tja, meine Süße, das wirst du dann nicht mehr erleben und deine Familie trauert jetzt schon um dich. Du allein kannst es beenden, auf die ein oder andere Art! Aber wenn du einen Rat willst, ich habe mich für das Leben entschieden!" – „Und wie?" – „Na, schon mal nicht, indem man nur da sitzt und die Wand hinter dem Fernseher anstarrt."

Verdutzt schaute ich sie aus meinen verheulten Augen an. Woher wusste sie das? „Glaub mir, BeaBu," deutete sie meinen Blick ganz richtig, „du bist nicht die Erste, die es so macht. Aber eins kann ich dir sagen, es führt zu nichts! Du musst endlich wieder anfangen zu kämpfen! Du musst wieder anfangen zu leben!" – „Aber wie? Ich kann doch nichts mehr machen, außer hier zu sitzen und fernzusehen." Da fing sie an zu lachen: „Du kannst eine Menge machen! Du kannst lesen und dich bilden. Du kannst malen und singen. Du kannst dich in den Rollstuhl setzen und jemandem in der Küche neue Rezepte vorlesen und Witze erzählen. Du musst einfach kreativ werden!"

Und ich wurde kreativ und fand meinen Lebensmut wieder. Ich malte auf Seide, weil man dabei mit wenigen Pinselstrichen schon ein Kunstwerk hat. Ich begann, Gedichte zu schreiben und verschlang Bücher und Filme. Ich sang voller Inbrunst und aus tiefster Seele, mit den schiefsten Tönen, die es gibt, und hatte Spaß daran.

Und es stimmte, je fröhlicher ich wurde, desto erträglicher wurde es für uns alle. Zeit wurde fast bedeutungslos: Ob sie nun morgen ein Heilmittel finden oder in ein paar Jahren oder vielleicht nie, ich hatte gelernt, geduldig zu sein und das Jetzt zu genießen.

Die Antwort

Ich würde lügen, wenn ich sagen würde, dass ich seit damals nie wieder über meinen Zustand geheult hätte. Hin und wieder überkommt auch mich der tiefe Fall. Gerade, wenn es mir mal wieder absolut dreckig geht, die Schmerzen ins Unermessliche steigen und ich mich wieder in mir selbst gefangen fühle, brechen alle Dämme. Aber das ist es dann auch, ich lasse zu, dass sie brechen. Dann suhle ich mich im Selbstmitleid und betrauere mein mir gestohlenes gesundes Leben. Nur versuche ich mir dann relativ schnell wieder vor Augen zu führen, was ich bis jetzt schon alles erreicht und erlebt habe, und schalte in den Kampf-Modus. Kämpfen ist besser als Suhlen. Kämpfen ist mein erster Schritt, um meine Kräfte zu mobilisieren und mich aus dem Loch zu ziehen, in das ich mir erlaubt habe, zuvor hinein zu kriechen.

Und wenn mein Kampf-Modus Starthilfe braucht, weil das Loch zu schön ist, in dem ich sitze (ja, das passiert auch mal), dann hat ihn bisher immer Christina Aguilera mit „Fighter" geschafft, zu aktivieren.

Und wer weiß? Vielleicht entdecken sie morgen ja tatsächlich was gegen Rheuma. (Ach ja, die gute alte Hoffnung, sie stirbt nunmal zuletzt.)

XXII
Schwesterherzen – In guten wie in schlechten Zeiten

„Willst du einen Schneemann bauen? Los, komm und
spiel mit mir!"
Die Eiskönigin – Völlig unverfroren (2013)
„Da versucht man selber auf sein Leben klarzukommen
und dann kommt sowas!
Tz Tz Tz!"

„Er ist da! Er ist da! Gesund und munter!" Alle brachen nach dem gerade erlebten 30-stündigen Wehen-Krimi in Jubel aus.

Nur ich konnte mich noch nicht richtig freuen. *Es ist noch nicht vorbei!* Ich hatte Angst und versuchte angestrengt, den Teufel nicht an die Wand zu malen. Jedoch konnte ich an nichts anderes mehr denken, als an den Notkaiserschnitt und die Tatsache, dass sie noch immer im OP lag und ihr Zustand „beunruhigend" mit keiner einzigen Silbe erwähnt wurde.

„Oh bitte, mach, dass es ihr gut geht! Mach bitte, bitte, dass es ihr gut geht!", fing ich leise an zu beten und dachte dann: *Reiß dich zusammen, BeaBu! Konzentrier dich auf das Gute!*

Ich atmete tief durch und erlaubte mir, mich kurz vom Jubel anstecken zu lassen:

Juhuuu, ich bin Tante!!!

Ein letztes Mal

„Dreh mich, BeaBu! Dreh mich!" Meine Schwester war fünf Jahre alt und reckte mir ihre kleinen Ärmchen entgegen. Wir spielten im Wohnzimmer unserer Drei-Zimmer-Wohnung und wie x-1.000 Mal zuvor schnappte ich sie mir, hob sie zu mir auf den Arm und wir drehten uns um meine Achse.

„Nochmal! Nochmal!", rief sie vergnügt und hüpfte auf und ab, kaum dass ich sie gerade wieder auf den Boden gestellt hatte. „Ok! Aber nur noch das eine Mal und danach ist wirklich Schluss!", sagte ich leicht außer Atem. Komisch, in letzter Zeit kam ich so schnell aus der Puste und irgendwie zog es neuerdings immer mal wieder in meinem geschwollenen linken Knie.

Schmollend über die Aussicht, dass der Spaß gleich vorüber war, verzog meine Schwester ihr Gesicht, aber streckte mir dann doch ihre Arme wieder entgegen. *Ach, was soll's, einmal wird schon noch gehen.* Gerade als ich sie mit Schwung hob und zum Drehen ansetzte, rutschte mir mein linkes Knie im Gelenk selbst weg und wir fielen zusammen gefährlich in Richtung Marmor-Wohnzimmer- tisch. In letzter Sekunde schaffte ich es, meine Schwester auf mich zu ziehen, um nicht auch noch auf ihr zu landen, und gemeinsam verfehlten wir den Tisch um Haaresbreite. Ich lag schmerzerfüllt auf dem Boden, meine Schwester auf mir drauf, da fing sie aus Leibeskräften an zu heulen.

„Schon gut, sie hat nur einen Schreck gekriegt! Ich hab sie abgefangen und alles abbekommen!", versuchte ich meine hereingestürmten Eltern zu beruhigen. Da heulte ich los: „Aua, aua mein Knieee! Mein Knieeeee!"

Das war das letzte Mal, dass ich mit meiner Schwester getobt hatte und überhaupt war es das letzte Mal

194

toben, denn zwei Monate später erhielt ich meine Diagnose und mit Toben und Spielen war es schlagartig vorbei.

Ich bin ein Monster

„Komm her du ..." Wie hatte ich sie betitelt? Es war sicher nichts Nettes. Aber was? Ich weiß es nicht mehr. Was ich jedoch noch weiß, ist, dass ich damals furchtbar wütend wurde. Nachdem ich meine erste Symphonie überlebt hatte, wurde ich auf Gott und die Welt wütend.

Und meine kleine Schwester, tja nun, meine süße, kleine Schwester war halt einfach da und bekam meinen ganzen Zorn ab.

Bis es einmal eskalierte.

Ich saß im Rollstuhl fest und sie tanzte vor meiner Nase herum. Wortwörtlich! Sie tanzte im Wohnzimmer unseres Hauses, in das wir vor knapp einem Jahr eingezogen waren, zu irgendeinem Popsong, der gerade angesagt war, und hüpfte vergnügt durch die Gegend.

Mein ganzer Hass und mein ganzer Neid, sowohl allgemein auf die Welt als auch auf sie, weil sie tanzte und ich nie mehr, ergoss sich binnen einer Sekunde über mich.

Wäre dies ein Märchen – dies wäre meine Geburtsstunde als die böse Hexe des Westens.

Ich unterbrach sie mitten in ihrem nervigen Gehopse und rief sie zu mir.

Da stand sie nun ganz nah an meinem Rollstuhl, brav wartend, was ich ihr wohl diesmal zu sagen hatte. Und ich? Ich griff ihr in ihre langen Haare und zerrte sie fast zu Boden. Sie heulte sofort auf und ich war über meine Wucht so geschockt, ich ließ sie sofort los!

Eine Woche lang schämte ich mich fürchterlich für mein Verhalten: Sie hatte mir vertraut und ich tat sowas! Wie konnte ich das nur an ihr auslassen? Was konnte sie denn für meine Sch@&€$?

Ich schwor mir, egal was noch alles im Leben kommen möge – ich würde es nicht zulassen, dass ich jemals wieder böse, verbittert und grün vor Neid würde.

Das Schattenwesen

Meine Schwester und mich trennte schon immer unser Altersunterschied von knapp sechs Jahren.

Aufgrund dessen hatten wir schon vor meiner Erkrankung wenige Gemeinsamkeiten. Jedoch konnten wir immer irgendwie zusammen spielen und toben. Da dies jetzt weggefallen war, hatten wir absolut keinerlei gemeinsame Schnittpunkte mehr und meine kleine Schwester verschwand in den Hintergrund.

Einerseits blendete ich sie aus, um mich nicht weiter von Sachen provoziert zu fühlen, für die sie nichts konnte, und andererseits war ich so mit meinem eigenen Elend beschäftigt, dass ich schlicht keine Kapazitäten mehr für sie hatte.

Dennoch, sobald ich mein erstes Tief überwunden hatte, war sie überall mit dabei.

Sie schnitt Songtexte aus den Zeitschriften aus und wir sangen sie gemeinsam. Sie half beim Umsetzen der von mir diktierten Backrezepte. Sie kam sogar mit nach Garmisch-Partenkirchen, wenn meine Mutter mich an den Wochenenden besuchte. Kurzum, sie war wirklich immer und überall an meiner Seite.

Für mich änderte es jedoch nichts daran, dass sie für mich mehr ein begleitender Schatten war, denn wenn ich ganz ehrlich war: Ich wollte sie nie dabeihaben oder miteinbeziehen!

Ich hätte selber liebend gern auf all das verzichtet und hätte mich am liebsten selber nicht miteinbezogen, aber ich hatte keine Wahl: Ich musste da durch, ich war die Kranke und ich versuchte immer, das Beste daraus zu machen!

Ihr hätte ich das alles lieber erspart und ihr die normale Kindheit gewünscht, die ich nie haben konnte.

Zeiten des Wandels

Sobald ich wieder aus dem Rollstuhl stieg und sich mein Zustand stabilisierte, hatte ich wieder mehr Kapazitäten übrig. Außerdem befand sich meine Schwester bis dahin auch bereits mitten in ihrer Pubertät und ihre Welt wurde für mich greifbarer.

Zu ihrem 14. Geburtstag schenkte ich ihr ihr erstes Make-up-Set und einen Minirock. Monate vorher hatte ich entsetzt festgestellt, dass sie weder das Eine noch das Andere besaß.

Ich hatte es kaum abwarten können, bis ich mich mit 13 Jahren zum ersten Mal schminken durfte, und sie schien es gar nicht auf dem Radar zu haben, bis ich es ihr schenkte. Dasselbe galt für den Rock.

Weiterhin fiel mir zum ersten Mal wirklich auf, dass sie kaum Freunde besaß und in der Schule massive Probleme hatte.

Als sie 15 Jahre alt wurde, überredete ich meine Eltern dazu, dass es Zeit wurde, meine Schwester hin und wieder auf Partys gehen zu lassen, was ihren Freundeskreis erweckte, und ihren 18. Geburtstag feierte sie direkt mit einer ganzen Horde an Freunden. Nur ihre schulische Leistung blieb lange ein Thema, zumindest bis sich mein jetziger Schwager ihrer annahm.

Zur Freude aller bekam er nicht nur Zugang zu ihrem Herzen, sondern auch zu ihrem Hirn.

Ihre Noten verbesserten sich so sehr, dass sie die Schule mit einem Fachabitur statt eines Hauptschulabschlusses beendete.

Aber am schönsten war die kurze Zeit, als ich mit 22 Jahren in meine erste eigene Wohnung zog.

Ich hatte eine süße Zwei-Zimmer-Wohnung direkt in dcr City und meine Schwester übernachtete hin und wieder bei mir.

Wir machten uns fertig, die Stadt zu erobern, während wir unsere Lieblingssongs hörten, gingen zusammen tanzen und redeten über Schminke und Jungs.

Das war einfach super und unser Altersunterschied schrumpfte weiter.

Bis er verschwand.

Ein unbemerkter Wandel

Ich saß bei meiner kleinen Schwester in ihrer Wohnung am Esstisch und wir redeten über Gott und die Welt. Wegen der krass guten und durchdachten Weisheiten, die sie von sich gab, wurde mir schlagartig bewusst, wie erwachsen sie auf einmal geworden war!

Da fiel es mir wie Schuppen von den Augen: Sie war nicht mehr meine kleine Schwester, sie war jetzt einfach nur die Jüngere!

Heute ist sie zu meiner engsten Vertrauten geworden, und auch, wenn wir immer noch hin und wieder unsere Reibereien haben, ist sie diejenige, auf deren Rat ich am meisten gebe.

Die, die mich am besten hinterfragt und unterstützt!

Die, die ich über alles liebe!

Die, die ich niemals missen will!

Ach und P.S.: Natürlich kam sie gut aus dem OP und mittlerweile habe ich auch noch eine zuckersüße Nichte von ihr dazu bekommen.

XXIII

Figurwahnsinn

„Ich mach so eine neue Diät. Sehr effektiv! Ich esse gar nichts, und wenn ich das Gefühl habe, in Ohnmacht zu fallen, esse ich einen Käsewürfel!"
Der Teufel trägt Prada (2006)
„Viel Spaß dabei! Ich bin raus!"

„BeaBu, du solltest ganz EINFACH auf Zucker, Salz und Fett verzichten!" *Danke für den Tipp!* Ich verdrehte innerlich die Augen und dachte mir: *Ich könnte mir auch EINFACH in den Kopf schießen!* Das wäre für mich genauso realistisch umzusetzen wie dieser beknackte Ratschlag!

Ehrlich jetzt, ich kann es nicht mehr hören! Ich hab in meinem Leben schon mehr Gewicht verloren (und wieder zugenommen) als manch anderer wiegt! Wirklich! Ich hab von Size Zero bis XXL alles durch. Leider bin ich aber zurzeit auf dem Plus-Size-Gewicht hängen geblieben und so ganz passt mir das natürlich auch nicht.

Das Allerschlimmste aber daran ist, dass, solange ich mich zurückerinnere, ich als schlanker Mensch immer Angst davor hatte, zu dick zu sein. Tja, jetzt, wo ich tatsächlich zu dick bin, da hab ich eine Sorge weniger in meinem Leben.

Zumindest theoretisch.

Das Land, wo Milch und Honig fließen! Ausschließlich Honig! Im Übermaß!

„Guten Morgen, BeaBu!" Noch bevor ich die Augen richtig geöffnet hatte, spürte ich plötzlich diesen harten, kalten, überquellenden Löffel voll pappig süßen Honigs in meinem Mund. Gerade wollte ich protestieren, was der Sch@&€ eigentlich sollte, da nutzte meine Mutter die Gelegenheit und stopfte mir den nächsten Löffel in den Rachen. Ich konnte es nicht fassen! Den Mund jetzt voll mit zwei Löffeln Honig begann ich nur noch den Kopf hin und her zu schütteln, als sie bereits den dritten übervollen Löffel auf meinen Mund zusteuerte. Tränen der Wut stiegen mir in die Augen. *Ist das wirklich ihr verdammter Ernst? Ich bin 13 und nicht drei!* Und ja, ich wog nur noch 42 kg, aber das auch schon seit Wochen.

Seit meine erste Symphonie des Grauens vorbei war, hatte ich rapide abgenommen. Schon klar! Aber mein Gewicht war stehen geblieben und das nicht, weil man mich mit Honig am Morgen vergewaltigt hatte. Jedenfalls war dieser klebrige Mist nun überall. Auf mir, auf dem Kissen und auf dem Boden! Eine Woche lang quälte meine Mutter mich jeden Morgen mit drei Löffeln Honig, bis die Waage keinerlei Veränderung anzeigte. Stabile 42 kg, egal was wir versuchten, es wurde nicht mehr...

Willkommen im Schlaraffenland
Bis zu meinem zehnten Lebensjahr war ich ein ziemlich großes, schlankes und sportliches Kind. Ich machte Jazzdance, Ballett und schwamm wie ein Fisch im Wasser. Mit zehn Jahren setzte meine pubertäre Hormon-Umstellung ein. Ich bekam meine erste Periode und begann stark an Gewicht zuzunehmen. Mit zwölf Jahren brachte ich somit ein Kampfgewicht von 70 kg bei einer Körpergröße von 1.72 m auf die Waage und bei meiner noch sehr kindlichen Figur sah ich eher nach „quadratisch, praktisch, gut!" aus. Dies veranlasste sowohl meine Eltern als auch meine

Großmutter, mir ständig alles, was ich aß vorzuwerfen. Als ich dann wegen Rheuma innerhalb eines halben Jahres knapp 30 kg abnahm, wendete sich das Blatt wieder.

Ich durfte essen, was ich wollte.

Nachdem meine Mutter ihre morgendlichen Honigattacken aufgab, versuchten wir stattdessen, mich mit allem zu „mästen", worauf ich Lust hatte.

Und worauf hat ein Teenager am meisten Lust? Genau, ich stopfte mich voll mit Junkfood!

Ich aß alles, worauf ich Bock hatte. Schokolade zum Frühstück? Kein Problem! McDonald's um Mitternacht? Ging auch! Dreimal am Tag Schnitzel? Aber sowas von! Ich nahm dennoch nicht zu. Ich nahm so lange nicht zu, bis sie meinen rheumatischen Prozess in den Griff bekamen.

Da hatte ich mich bereits fast zwei Jahre lang durchgeschlemmt.

Das Schlaraffenland hat ein Ende

Anders als ich in sechs Monaten rapide mein Gewicht verloren hatte, stieg es langsam, aber stetig an. Als ich mit 17 Jahren wieder neu laufen lernte, brachte ich 55 kg auf die Waage und trug Kleidergröße S, statt wie zuvor in XS auszusehen, als hätte ich einen unförmigen Sack an. Ich erfreute mich an meinen neuen Kurven und angelte mir prompt meinen ersten Freund.

Ich war gute drei Monate mit ihm zusammen, als er plötzlich meinte, ich würde ja ganz schön auseinandergehen und ich sollte langsam auf mein Gewicht achten. Ich hab ihn in den Wind geschossen.

Ok, ganz unrecht hatte er nicht, schließlich war ich da schon bei 60 kg angelangt und hatte Größe M, aber ich für meinen Teil fühlte mich pudelwohl. M war genau mein Ding!

Das Problem war nur, dass, genau wie ich zuvor meinen Gewichtsverlust nicht kontrollieren konnte, ich meine Gewichtszunahme nicht kontrollierte.

Das Vollstopfen mit Junkfood ließ ich schon bei 55 kg sein und dennoch stieg mein Gewicht weiter an.

Bei 65 kg zog ich die Reißleine und machte meine erste Diät. Ich nahm in einer Woche fünf Kilo ab und brauchte ca. drei bis sechs Monate, bis ich es wieder drauf hatte.

Und eh ich mich versah, hangelte ich mich plötzlich von Diät zu Diät.

So ging es bis zu meinem 22. Lebensjahr.

Das Gewicht steigt und steigt und steigt ...

69 kg! Ich schaute auf die Waage und seufze schwer. Ok, ich wusste, dass das passieren kann, aber dass es so hartnäckig passierte? Damit hatte ich nicht gerechnet! Dabei hatte ich extra gewartet, bis mein Gewicht runter auf 59 kg war, bevor ich aufgehört hatte zu rauchen. Allen Diäten zum Trotz war ich jetzt bei 69 kg angekommen.

Das ist es mir wert! Das ist es mir wert! Das ist es mir wert! Mir lief ein Schaudern über den Rücken. *Hilft nichts, ich kann es mir nicht schön reden. Wenigstens bin ich jetzt rauchfrei! Gut, tief durchatmen!*

Im Internet stand, dass es bis zu einem halben Jahr dauern konnte, bis sich der Stoffwechsel wieder normalisierte, und ich war gerade bei vier Monaten.

Das Problem war nur, ich hatte nie rausgefunden, ob die These über den „rauchfreien" Stoffwechsel stimmte, denn ich hatte einen Rheumaschub im selben Monat bekommen und wurde auf Cortison gesetzt. Dazu gesagt, eine unverschämt hohe Dosis Cortison, und schwuppdiwupp war mein Gewicht drei Monate später bei 85 kg.

Und ja, ich war in der Zwischenzeit mit meinem Mann zusammengekommen, und vielleicht war ich nicht mehr zu 100% hinter meinem Traumgewicht her, aber dennoch: Insgesamt 20 kg Gewichtszunahme wegen Rauchentzug + Cortison schlugen eindeutig fünf kg Beziehungsbäuchlein.

Jedenfalls nach meiner Rechnung!

Was ich nicht alles an Diäten ausprobierte, ich kam fünf Jahre lang nicht unter 82 kg!

Der endgültige Tod meiner Figur

„BeaBu, da du nächstes Jahr heiratest, haben Papa und ich beschlossen, dir eine Stoffwechsel-Diät zu finanzieren! Keine Widerrede! Du willst doch bestimmt nicht in Größe XXXXXL heiraten!"

Stoffwechsel-Diät, noch nie was davon gehört.

Neugierig ging ich mit zur Naturheilpraktikerin und ließ mich aufklären: Ein spezieller Ernährungsplan +

dreimal die Woche Stoffwechsel-Booster-Spritzen + dreimal die Woche Wiegen = starke Gewichtsreduktion + starke Geldreduktion.

Wahnsinn, aber schließlich sollte ja nicht ich sie bezahlen.

Ich zuckte die Achseln: „Meinetwegen! Hauptsache es hilft!"

Und es hatte geholfen! Neun Monate später heiratete ich mit 69 kg und fühlte mich fantastisch.

Hochmotiviert schaute ich in Richtung meiner geliebten 62 kg. Sie schienen schon zum Greifen nah. Aber dann...

Ich war in der Stabilisierungsphase, in der nach und nach die Spritzen abgesetzt werden sollten, und ich bekam den Boomerang meines Lebens ins Gesicht! So einen Jojo-Effekt hatte ich noch nie! Ich hatte früher bei meinen Diäten oft davon gelesen, aber ich war bis jetzt immer davon verschont geblieben.

Sobald ich die letzte Stoffwechsel-Spritze verabreicht bekommen hatte, dauerte es kein halbes Jahr, und ich schoss weit über die anfänglichen 85 kg hinaus.

Ich schoss so weit darüber hinaus, ich dachte es katapultiert mich direkt ins All!

Hilflos sah ich zu, wie das Gewicht immer weiter stieg und stieg.

Bei 105 kg blieb die Waage stehen, und komme was wolle, ich kam nie wieder unter 100 kg.

Ist der Ruf erst ruiniert ...

Heute bin ich rund und semi-glücklich.

Hätte ich gerne wieder eine Kleidergröße 36-38 statt 44-46? Na klar! Und mal abgesehen von Attraktivität und Selbstwertgefühl ist es natürlich eine enorme Mehrbelastung für meine hart erkämpften künstlichen Kniegelenke.

Jedoch, im Vergleich zu früher, kommt mir keine beknackte Diät mehr ins Haus, zu groß ist die Gefahr, dass sich der nächste Jojo-Effekt daraus entwickelt und mein Gewicht sich am Ende nochmal verdoppelt.

Ich hab jetzt eine neue Strategie für mich entdeckt: Ich versuche, ein neues Körpergefühl zu entwickeln und mich endlich so zu lieben wie ich bin. Egal in welcher Kleidergröße.

Und hey, allein schon dadurch hab ich bereits wieder fünf Kilo weniger auf der Waage.

XXIV
Weihnachten

„Dann wünsch dir vom Nikolaus eine neue Familie!"
„Ich will keine neue Familie! Ich will gar keine
Familie! Familie ist scheisse!"
Kevin-Allein zu Haus (1990)
„Na, na... wer will denn gleich so übertreiben?! Aber
andererseits..."

Ich liebe diese Jahreszeit! Eigentlich total paradox, denn zu keiner anderen Jahreszeit schlägt mir das Wetter so stark auf die Gelenke. Trotzdem: der erste Schnee, der unter den Stiefeln knirscht, die funkelnden Lichter, die überall auf den Straßen leuchten und der Geruch von Glühwein und die gebrannten Mandeln überall in der Innenstadt und Weihnachten. Märchenhaft, oder?

Last Christmas... und dann nicht mehr

Kennt ihr diesen romantischen, verklärten Blick auf eine Situation, von der ihr wisst, dass das so in Realität nie ablaufen würde?

Ich meine diese Vorstellung, die aus zahlreichen Werbeanzeigen und Filmen resultiert, wie zum Beispiel, ein zauberhaftes Familien-Weihnachtsfest feiern zu können, ohne dass sich der eine mit dem anderen streitet, der Onkel oder sonst wer zu tief im Glühwein versinkt und am Ende der Hund den Braten frisst, während die Bratensauce langsam vom Tischrand auf den Boden tropft.

Jedenfalls hatten wir einige Jahre das Glück, ein gelungenes Weihnachtsfest für unsere Familien ausrichten zu können, bis es eskalierte. Was genau passierte, will ich nicht vertiefen, jedoch waren drei Sachen mehr oder weniger ausschlaggebend dafür, dass wir nach der eskalierten Feier nicht nochmal mit der Familie feiern konnten und wollten.

Noch bevor die besagte Feier eskalierte, verabschiedete sich meine Schwester bereits im Jahr zuvor, um von da an regelmäßig mit meinem mittlerweile Schwager und seiner Familie Weihnachten zu feiern.

Im Jahr nach der verkorksten Feier lag mein Schwiegervater über Weihnachten im Sterben, und im darauffolgenden Jahr entdeckte meine Schwiegermutter die Vorzüge der Arbeit in der Gastronomie an Weihnachten für sich.

Kurzum: Seit Jahren wurde jedes Weihnachten für uns zur jährlichen Zitterpartie, ob wir nicht am Ende nur zu zweit unter dem Weihnachtsbaum sitzen würden.

Und so romantisch sich das für den ein oder anderen auch anhören mag, „zu zweit mit dem Liebsten Weihnachten zu verbringen", machte sich für mich bei dem Gedanken nur das Gefühl breit „an Weihnachten von Gott und der Welt verlassen zu sein".

Aber besonders schlimm wurde es letztes Jahr.

It's beginning to look a lot like... was auch immer

„BeaBu, ich wollte dir nur erzählen, dass meine Schwiegereltern dieses Jahr unsere Großeltern mit zum Weihnachtsessen einladen." Entsetzt schaute ich auf mein Telefon.

Wäre meine Schwester nicht wieder im 100. Monat schwanger, hätte ich ihr glatt den Hals umgedreht. *Ok, ganz ruhig und nicht den Boten umbringen. Was kann sie schon dafür?*

Nach der Hochzeit meiner Schwester wurden meine Eltern von ihren Gegenschwiegereltern annektiert, zumindest was Weih- nachten anging, und nun also auch noch meine geliebten Großeltern. Zugegeben, sie waren seit zwei Jahren unsere Weihnachts-Lösung gewesen.

Und jetzt? Der Rest meiner Familie machte sich nichts aus Weihnachten! Gut, dass erst November war, so blieb zumindest noch Zeit, umzudisponieren.

Einige Tage später kam ich im Telefongespräch mit der Cousine meines Mannes auf das Thema zu sprechen und wir verabredeten uns, dass wir Weihnachten mit ihr und ihren Eltern feiern würden. Gerettet! Aber dann...

Am ersten Advent meldete sie sich wieder: „Oh nein, es tut mir sooo leid, BeaBu, aber ihr könnt Weihnachten leider doch nicht mit uns feiern! Wir sind spontan von meiner Großmutter väterlicherseits eingeladen worden. Da können wir nicht absagen!

214

Dabei hab ich mich soo gefreut, dieses Jahr Weihnachten mit euch zu verbringen!"

Sie klang so traurig und ernsthaft enttäuscht, dass ich im Nachhinein erst mitbekam, dass sich einfach meine eigene Enttäuschung darin spiegelte.

Währenddessen mutierte mein Göttergatte zum Grinch: „Ist doch alles sch@&€?e! Ich hab kein Bock mehr auf Weihnachten! Ich will kein verf@&€ten Baum, keine Deko und auf das Essen kann ich auch pfeifen!"

Schauen wir mal wie ernst es wirklich ist: „Schaaatz wie wär es zumindest mit einem kleinen Baum?"

„NEIN! Weihnachten ist gestorben!"

Oh Oh...

I don't want a lot for Christmas, there is just ONE thing I need... Oder zwei? Oder drei? Oder vielleicht ALLES?

„Kostenlose echte Tannenbäume an Selbstabholer innerhalb der nächsten zwei Stunden abzugeben!" Ich traute meinen Augen nicht, während ich auf den Facebook-Post blickte, aber da stand es und grinste mich förmlich an. Ich schaute auf die Uhr. Könnte knapp werden und da wäre ja auch noch mein persönlicher Grinch zu überzeugen. „Ähmmmm, Schatz, du hast doch gesagt, du willst dieses Jahr nichts mit Weihnachten mehr zu tun haben und vor allem keinen dämlichen überteuerten Baum. Gilt das immer noch, wenn der Baum umsonst ist?", fragte ich zuckersüß und mit einem riesigen strahlenden Lächeln.

„Kostenlos ist er ja nicht mehr überteuert, BeaBu!", antwortete mein nicht mehr allzu grüner Grinch mit einem Zwinkern, schnappte sich die Autoschlüssel und kam tatsächlich mit einer prächtig gewachsenen dreieinhalb Meter hohen Tanne zurück.

„Die hatten nur noch große da", und stellte den monströsen Baum mitten im Wohnzimmer auf, wo er sich perfekt in unsere Altbaudecke einfügte.

„Wow! BeaBu, is this a real one?" Unsere Mitbewohner aus Ecuador kamen aus dem Staunen nicht mehr raus. „So what are you up for this Christmas? Cause our plans got canceled! Maybe we could celebrate together?" *Jackpot!*

Vorsichtig schaute ich zu meinem nicht mehr allzu grünen Grinch und stellte begeistert fest, meinen

216

Göttergatten zu erblicken. Dennoch behutsam fragte ich ihn: „Ähmmmm, Schatz, dann können wir doch vielleicht noch meine Beste und ihren Freund einladen und feiern statt mit Familie im kleinen Freundeskreis?"

Er lachte auf und antwortete: „Klar, meinetwegen! Meintest du nicht auch, V. ist wieder zurück in der Stadt?" – „Aber die feiert doch mit ihrer Mutter!" – „Ok, dann geben wir ihr einfach eine Weihnachtspastete mit. Sie kommt sowieso an uns vorbei, wenn sie zu ihrer Mutter fährt, dann kann sie kurz rumkommen und die Pastete holen."

Ich strahlte wie 1.000 Glühbirnen gleichzeitig. *Es wird sogar selbstgemachte Weihnachtspastete geben, juhuuuuu!*

Have yourself a merry little Christmas... oder vielleicht doch ein großes?

Mitte Dezember rief mich meine Freundin Frenchie ganz aufgelöst an: „Ich hasse es, ich hab mich total mit meiner Familie zerstritten! Es ist doch

Weihnachten und ich will so gar nicht mit denen feiern, ich will aber auch nicht allein an Weihnachten rumsitzen. Was mach ich denn jetzt bloß, BeaBu?" Prompt lud ich sie zu unserem Freunde-Weihnachtsfest ein.

Zeitgleich erzählte ein guter Kumpel meinem Mann, dass er und seine Freundin nicht wissen, was sie Weihnachten machen sollen, da sowohl seine als auch ihre Familie sich im Ausland befand. „Das wird wirklich ein trauriges Weihnachtsfest!", schloss er seine Erzählung.

„Aber bestimmt nicht dieses Jahr. Dieses Jahr feiert ihr mit uns!"

Und als Bonbon oben drauf, verkündete meine Schwieger- mutter, dass sie bereits um 17.00 Uhr Feierabend haben und gerne auch mit uns mitfeiern würde.

Herrlich, wenn sich alles so fügt.

Oh Holy Night, the stars are brightly shining... Endlich!

Da wir mittlerweile so viele waren, beschlossen wir gemeinsam, dass jeder was zum Weihnachtsessen zusteuern würde. Den Baum und die Wohnung dekorierte ich gemeinsam mit meiner Mitbewohnerin, während unsere Männer die Küche übernahmen und Weihnachtspastete machten, den Rotkohl ansetzten und den Braten spickten.

An Heiligabend war alles perfekt: Es duftete in der ganzen Wohnung nach Braten und Plätzchen, die Tafel war festlich geschmückt und der Tannenbaum leuchtete. Die Stimmung war den ganzen Abend fantastisch und wir feierten bis spät in die Nacht. Noch Tage später kamen Danksagungen und Komplimente und alle waren sich einig: Schon lange hatte man nicht mehr ein so besinnliches und lustiges Weihnachtsfest gehabt!

Es gibt sie also doch: die Weihnachtswunder!

XXV

Mein f***-you-Zeh

„Sie sieht fabelhaft aus! Hat sie irgendwas an sich
machen lassen?" - „Teile von ihr werden 50!"
Club der Teufelinnen (1996)
„Same same but different!"

„Wie viele Operationen hatten Sie bereits an diesem Knie, BeaBu?" Ich kniff die Augen zusammen und runzelte die Stirn. Es brauchte nicht mehr viel und dann käme vor Anstrengung Rauch aus meinen Ohren. „Also", fing ich an den Arzt in meine Überlegungen einzubeziehen, damit er nicht dachte, ich sei beschränkt und würde meine eigene Krankengeschichte nicht kennen, „das Knie an sich wird dieses Jahr 20 und ich wurde über 30 mal operiert. Normalerweise konnte ich mich an der Narbe über meinem Knie orientieren, da hatte ich einen kleinen Zähltrick, aber der funktioniert seit Jahren auch nicht mehr. Wenn ich schätzen müsste, sind es 14-17 Mal am linken Knie gewesen." „Also erstmal ist Ihr Knie genauso alt wie Sie..." Ich verdrehte die Augen, atmete kurz durch und antwortete zuckersüß und mit einem umwerfenden Lächeln: „Teile von mir werden 20!"

Zu welchem Preis kann man alles haben?

„BeaBu, Ihre linke Hand ist ein Totalschaden! Ich weiß nicht, wie ich es anders ausdrücken soll! Ich meine..." – „Danke, ich weiß was Sie meinen", fiel ich dem Arzt ins Wort „nur bin ich nicht daran interessiert die linke Hand operieren zu lassen." Wozu auch? Ich bin schließlich Rechtshänderin! Jedoch, egal welcher Arzt vor mir sitzt und egal welches Gelenk gerade besprochen wird, es ist immer das Gleiche: Meine Gelenke sind ein Totalschaden.

Hab's begriffen! Bin nicht bescheuert!

Nur hab ich schon 100.000 Narkosen für die Wiederherstellung meiner Knie und meines rechten Handgelenks investiert und bin noch keine 80.

Anders gesagt, wenn ich alle meine zerstörten Gelenke richten lassen würde, könnte irgendwann auf meinem Grabstein stehen: „Sie verbrachte ihre Lebenszeit in Narkose, dafür starb sie mit schönen Gelenken!"

Ist es das wert? Ich denke nicht!

Und solange ich noch genug von meinen nicht-von-der-Narkose-getöteten Hirnzellen habe, liegt meine Priorität auf dem Erhalt meiner Selbständigkeit.

Na ja ok, sagen wir zu 99% auf der Selbständigkeit.

Das andere Prozent...

Wie hieß es schon so verführerisch im Paradies: „Apfel gefällig?"

Ich saß bei meinem Haus-und-Hof-Chirurgen und besprach mit ihm meine neuen Röntgenbilder. „Ja, BeaBu, das rechte Sprunggelenk ist total verschoben und muss dringend versteift werden. Das linke Fußgelenk ist zwar auch im Eimer, aber da wird eine Operation keine Besserung bringen. Zumindest noch nicht!"

Und das nächste Gelenk kommt unters Messer, dachte ich mir und haute gedanklich mit der flachen Hand gegen die Stirn. Da fiel mir plötzlich ein, was der gute Herr mal vor Jahren gesagt hatte und ich fragte ihn: „Könnten wir dann nicht, während der Narkose, auch gleich meine krummen Zehen strecken?"

Seit 20 Jahren laufe ich schon mit krummen Zehen rum und immer im Sommer nervt mich der Anblick besonders. Das verschandelt jeden schönen offenen Schuh.

„Klar, kann ich die unter Narkose strecken, BeaBu. Jedoch dann nur rechts. Rechtes Sprunggelenk, rechte Zehen. Ich mach nicht eine zusätzliche Baustelle auf der linken Seite auf!"

Hmmmm, Rechts – schön, links – irgendwann schön?

„Ok, machen wir es!"

Aus eins mach drei

„So, BeaBu, morgen ist der große OP-Tag, und aufgeregt?" Man sah meinem Chirurgen die Freude ins Gesicht geschrieben, so wie er mich anstrahlte.

„Nicht ganz. Ich muss zu meiner Schande gestehen, dass mir während der siebenstündigen Herfahrt mein linkes Knie angeschwollen ist."

Meinem Haus-und-Hof-Chirurgen entglitten die Gesichtszüge: „Röntgen! Sofort!"

20 Minuten später saßen wir beide vor den Bildern meines Knies und er fragte mich, was ich sah.

„Inlaybruch", sagte ich seufzend. „Inlaybruch!", bestätigte er noch tiefer seufzend und beide gleichzeitig: „Sch@&€e!"

Er schaute mich traurig an und fuhr fort: „Jetzt darf ich diesen popeligen Inlaybruch morgen reparieren und nächste Woche bin ich im Urlaub, dann darf mein Kollege dein spannendes Sprunggelenk machen!"

Ohne Flachs, er tat mir wirklich leid.

Da erwiderte ich: „Aber dann können Sie auch gleich die Zehen links mitmachen. Ist ja eh eine neue Baustelle!" Und strahlte ihn an.

„Ok, so machen wir es, BeaBu! Morgen links Knie und Zehen und nächste Woche Sprunggelenk und Zehen."

Und damit verließ der gute Herr immer noch leicht enttäuscht den Raum.

Darf ich vorstellen: mein neuer F***-you-Zeh

Ich lag seit zwei Wochen im Krankenhausbett und schaute gerade wieder meine „neuen" geraden Zehen an. *Sieht lustig aus, wie die getaped wurden. Wie eine*

Packung Pommes, dachte ich mir. Da kam auch schon die Krankenschwester zum Verbands- wechsel.

„So, BeaBu, ich wechsel dir dann auch das Tape an den Zehen. Schließlich wirst du ja am Montag entlassen und dann hast du direkt ein fr...!" Sie stolperte mitten im Satz über ihre Worte, wurde kreidebleich, während mich im selben Moment ein stechender Schmerz im mittleren Zeh durchfuhr.

Hätte ich doch nur nicht hingesehen.

Mein mittlerer Zeh war im 90-Grad-Winkel abgeknickt und an der Seite sah es aus wie: „Heilige Sch@&€e! Ist das mein Knochen!?" – „Nnnein, nein!", stammelte die Krankenschwester und fuhr fort „Es ist alles in Ordnung! Ich hol nur mal schnell den Doktor." Und stürmte aus dem Zimmer.

Klar, ALLES in Ordnung! BESTENS sogar! Sieht aus wie die nächste Narkose oder noch besser eine Amputation so blau wie der Zeh ist. Ist ja auch völlig normal eine Krankenschwester zu sehen, die verzweifelt versucht die Fassade aufrechtzuerhalten.

Als nächstes stürmte die Stationsärztin rein, sah den Zeh, wurde blass. „Röntgen! Jetzt! Sofort!"

Keine zehn Minuten später war ich schon wieder vom Röntgen zurück und wurde für die Notoperation umgezogen.

Ich bekam einen Draht durch den mittleren Zeh und weil die Angst vor weiteren Notoperationen zu groß war, wurde beschlossen, die restlichen Zehen nicht mehr zu verbinden.

Das Ergebnis war, dass sich alle gestreckten Zehen nach und nach in ihre Ausgangsposition krümmten.

Alle ausnahmslos, bis auf den verdrahteten.

Wenn ich jetzt wieder auf die Idee kam, ich könnte ja was operieren lassen, um mich zu verschönern, musste ich nur auf meinen linken Fuß schauen und bekam direkt die richtige Antwort auf meinen Schwachsinn: ein dickes, fettes „F*** you!"

P. S.: Nachdem der Draht gezogen wurde, dauerte es keine 4 Wochen, da war auch der Zeh wieder krumm.

Ach ja und hab ich's schon erwähnt? Ich liebe meine neuen gleichmäßig krummen Zehen

XXVI
Der biologische Sonst-was-auch-immer

„Alles kommt im Leben wieder und wieder und wieder und wieder!" - Anastasia (1997)
„Klingt logisch: Mode, Musik, mein biologischer Sonst-was-auch-immer!"

Ich bin ein Idiot! Ich bin tatsächlich wieder darauf reingefallen! Ich weiß es doch besser, ich hätte einfach sagen sollen: „Keinen Stress, ich druck es für dich, sobald du da bist!" Und hätte es vergessen sollen, bis er tatsächlich hier ist. Wieso? Ich könnte mich ohrfeigen, WIESO sitze ich hier und warte wie so eine Dumpfbacke? Und deswegen: NEIN, ich warte nicht! Ich sitze und häkle. Ich sitze und häkle und warte nicht! Ich schaue auf die Uhr: 18:32 Uhr. *Ok, er hat noch Zeit.* Er bat mich, was Wichtiges für ihn auszudrucken und er würde um 19.00 Uhr vorbeikommen, es zu holen. Ich schäme mich, dass ich tatsächlich warte. *NEIN, ich häkle, ich häkle und warte nicht, ich schau nicht auf die Uhr und ich warte ganz sicher nicht, dass es an der Tür klingelt. Warum auch?*

Ich werde zunehmend gereizter von mir: *WIE ZUR HÖLLE HAT ER MICH AUFS WARTEN KONDITIONIERT?*

Das wartende Kleinkind

Zum Verständnis: Ich bin ein Scheidungskind und mein Papa ist formell gesehen mein Stiefvater/Adoptivpapa. Eigentlich sollte das Konstrukt ursprünglich so ausgelegt sein, dass ich zwei Papas habe. Aber davon war, glaub ich zumindest, mein Biologischer nicht so ganz begeistert und beschloss... ja was eigentlich???

Als ich ein Kindergartenkind war, gab es für mich nichts Schlimmeres als den Mittagsschlaf. Ich habe ihn tatsächlich sehr verabscheut, da ich ein Wirbelwind mit einer schier endlosen Energiequelle war. Und selbst wenn ich nicht zu Mittag schlief, wurde ich gezwungen, in diesem ruhigen Zimmer auf einer unbequemen Pritsche zu liegen und zuzuschauen wie die anderen schliefen. Diese anderthalbstündige Zwangspause zog sich wie Käse bei einem Fondue. Umso glücklicher war ich, wenn ich wusste, dass man mich gleich nach dem Mittagessen abholen kam.

Das war aber eher selten der Fall, da alle meine Familienmitglieder berufstätig waren.

Eines Tages, auf dem Weg zum Kindergarten eröffnete mir meine Mutter, dass mein Vater mich nach dem Mittagessen abholen würde. Ich war ganz aus dem Häuschen: Mein Vater, den ich zu dem Zeitpunkt ewig nicht mehr gesehen hatte und kein Mittagsschlaf. (Damals nannte ich ihn noch nicht meinen „biologischen Sonst-was-auch-immer".)

Den ganzen Morgen erzählte ich jedem einzelnen Kind und jeder Erzieherin, dass mein Vater mich nach dem Mittagessen abholen käme und wir dann Eis essen gehen würden. Das mit dem Eis hatte zwar keiner gesagt, aber für mich hatte es in dem Moment Sinn ergeben. Ausnahmslos alle, vom Hausmeister bis zur Leiterin, wurden von mir mehrfach darüber unterrichtet.

Und so rannte ich nach dem Mittagessen in den Flur vor meiner Gruppe, in dem die Eltern immer warteten und die Kinder abholten, und schaute mich suchend um. Ich rannte zweimal um die Säule in der Mitte des Flures, ob er sich vielleicht dahinter versteckte, und raus ins Treppenhaus, weil er vielleicht gerade erst die Treppe raufkam. Nach paar Minuten holte mich die Erzieherin zum Zähneputzen, danach wäre er bestimmt da. Die anderen Kinder gingen wieder in die Gruppe zurück hinter die Glastür und die Treppe rauf zum Mittagsschlaf. Ich stand im Flur und diskutierte mit der Erzieherin, dass ich gleich abgeholt würde. „Er kommt bestimmt! Er ist gleich da! Ich kann nicht zum Mittagsschlaf hochgehen, er wird mich da nicht finden. Er kommt bestimmt!" Sturzbäche flossen aus mir heraus. Die Erzieherin hob mich hoch und trug mich mit Müh und Not die Treppe hoch.

Ich heulte den ganzen Mittagsschlaf und Nachmittag durch. Er kam nicht.

Meine Mutter erzählte mir Jahre später, dass sie an dem Tag auf dem Heimweg bemerkt hatte, dass das Licht im Kindergarten noch brannte und sie ein schreckliches Gefühl in der Magengrube verspürt hatte. Als sie nachschauen ging, fand sie mich mit der letzten verbliebenen Erzieherin vor.

Das wartende Geburtstagskind

Als ich älter wurde, holte er mich meistens an Sonntagen ab. Hin und wieder unternahmen wir auch was miteinander, gingen ins Kino, zu Burger King oder Eis essen. Aber meistens setzte er mich bei seiner Mutter ab und verschwand, bis er mich paar Stunden später abholte und wieder nach Hause brachte.

Irgendwann hörte auch das auf und der Geburtstagsschwachsinn begann. Geburtstagsschwachsinn? Na ja, man meldet sich 364 Tage im Jahr gar nicht, um am 365. Tag anzurufen, meinem Geburtstag. Was hat man davon?

Anfangs, so mit sechs/sieben/acht Jahren, wartete ich noch auf diese Anrufe. Sie waren mein geheimes Highlight des Tages. So wie die Kirsche auf der Sahne. Aber sehr schnell merkte ich, dass mir diese Anrufe nicht guttaten. Der Trennungsschmerz wurde beim

Auflegen von Jahr zu Jahr größer, bis ich eine regelrechte Aversion gegen diese Anrufe entwickelte und an meinem zehnten Geburtstag wirklich zu ihm sagte, wenn er das ganze Jahr nicht anrufe, bräuchte er sich auch zu meinem Geburtstag nicht dazu zu überwinden und auflegte. Als Folge dessen hatte ich jahrelange Alpträume, in denen er eine neue Familie mit Kindern hatte, die er liebte und mit denen er liebend gerne Zeit verbrachte.

Der wartende Teenager

Es begann damit, dass ich an Rheuma erkrankte. Na ja, es begann sozusagen bei der Anamnese und der Frage nach familiären Vorerkrankungen. Mütterlicherseits war das easy geklärt, aber väterlicherseits...

Nach knapp drei Jahren Funkstille rief ich ihn an und er kam. Überspringen wir den Punkt wer beim Wiedersehen mehr geheult hat – ok ich sah auch beängstigend aus mit meinen 40kg und bewegungsunfähig im Rollstuhl – jedenfalls versprach er, sich zu melden und zu Besuch zu kommen.

Anfangs klappte es auch ganz gut. Da er in einer anderen Stadt lebte, waren die Besuche zwar selten, aber doch irgendwie regelmäßig.

Bis ich auf einmal mitbekam, dass er in der Stadt war und sich weder gemeldet hatte noch sich hatte blicken lassen. Nachdem sich dieses Verhalten häufte, stellte ich ihn zur Rede und machte ihm deutlich, dass wir uns meinetwegen ja nicht jedes Mal sehen müssen, wenn es ihm nicht passte, ich aber zumindest gerne von ihm und nicht von anderen hören würde, dass er auf „Heimaturlaub" ist. Er versprach, nächstes Wochenende vorbeizukommen.

Das Wochenende kam und ging und er war nicht da. Schlimmer noch: Am Samstag vertröstete er mich mittags auf den Abend und am Abend dann auf Sonntagmittag. Am Sonntagmittag vertröstete er mich im Zwei-Stunden-Takt, bis er am Abend meinte, er schaffe es gar nicht mehr. Und noch schlimmer wurde es, als ich von mehreren Quellen erfuhr, dass er ein Partywochenende hinter sich hatte, während ich Däumchen drehend auf ihn gewartet hatte.

Ich hatte damals so viel mit meinem Gesundheitszustand und meiner neuen

Lebenssituation zu kämpfen, den Sch@$!ß wollte ich mir nicht auch noch geben und brach den Kontakt nach einem Jahr wieder ab.

Jahre später hatten wir wieder Kontakt und das ganze Spielchen fing von vorne an, bis es auch auf dieselbe Art endete: mit dem altbekannten Geburtstagsschwachsinn und mir, die mit 25 Jahren den Kontakt endgültig abbrach. Dachte ich zumindest.

Die wartende Braut

Als ich die Gästeliste für meine Hochzeit schrieb, dachte ich wochenlang darüber nach, wen ich tatsächlich dabeihaben wollte. Schließlich hatte ich ja grundsätzlich irgendwie irgendwo noch einen anderen Strang in meinem Familienstammbaum. Ich wollte nie diesen Strang verleugnen oder verstecken. Wie denn auch, wenn meine ganze Welt wusste, dass sie existieren. Ich war mir sicher, dass kein anderer aus diesem Strang sich auch nur eine Sekunde darüber Gedanken gemacht hätte, mich je einzuladen, schließlich wusste ich durch die sozialen Medien, dass sie grundsätzlich ohne mich feierten. Das war mir aber vorerst egal. Ich wollte zumindest einen Teil meiner Wurzeln von diesem Strang dabeihaben. Andernfalls hätte ich mich gefühlt, als würde ich mich selbst verleugnen und warum sollte ich das auch tun? Meine Großmutter, die, bei der ich sonntags abgegeben wurde, hatte im Endeffekt eigentlich immer eine kleine Nebenrolle inne. Ob Kontakt oder nicht Kontakt – irgendwie hatte sie es doch geschafft, wie ein roter Faden in meinem Leben präsent zu sein. Ich beschloss, sie mit meinem Großvater auf die Gästeliste zu setzen. Was würde ich aber bezüglich meines biologischen Sonst-was-auch-immer tun? Ich hatte ihn zu diesem Zeitpunkt das letzte Mal vor fünf Jahren gesehen und vor zwei Jahren den letzten Geburtstags- schwachsinn beendet. Auf welcher Grundlage sollte ich ihn einladen? Als Vater? Wohl kaum! Das käme wie ein Schlag ins Gesicht meines (Stief-)Papas gleich! *Sorry, die Rolle ist vergeben an den Herren, der sie wollte.* Als entfernten Verwandten? Die waren gar nicht auf der Liste, sonst wären noch 50 weitere Gäste drauf und selbst die hätten Vorrang im Bezug auf mein Leben. Vielleicht als Freund? Ok, sorry, jetzt wurde es wirklich lächerlich! Das war's, das war der Entscheidungsprozess mit dem Ergebnis, dass ich keinen Platz in meinem Leben hatte für jemanden, der keinen Platz in meinem Leben haben wollte. Es hört sich knallhart an und dabei ist das Erbärmliche, dass ich die Tür nicht zugeknallt hatte. Ich hatte einen Spalt, wie eigentlich immer, zum Warten offen gelassen. Schließlich hatte ich seine Eltern eingeladen. Er wusste, wann ich heirate und vielleicht war es in so einer Situation zu viel verlangt, uneingeladen zur Hochzeit der einzigen Tochter zu kommen (und dennoch hätte ich einen Stuhl dazugestellt). Aber zumindest hätte man vorher anrufen und die besten Wünsche fürs eigene Kind aussprechen können (dann hätte es natürlich auch eine Einladung gegeben). Aber nichts! Nicht davor, nicht dabei und nicht danach!

Das Warten hat ein Ende – eher doch nicht?
Wir hatten zwölf Jahre keinen Kontakt mehr, bis vor ein paar Monaten, als mein Onkel starb (der Bruder meines biologischen Sonst-was-auch-immer) und mir gefühlt seine Familie vermachte. Plötzlich erinnerte

sich dieser Strang meiner Wurzeln, dass es mich auch gibt und fing an, sich bezüglich jeder Problematik, von Streitereien mit Ämtern bis hin zu lebensentscheidenden Zukunftsperspektiven meines 18-jährigen Cousins, an mich zu wenden. Und ich? Ich sah es sportlich! Als eigentlich diplomierte Sozialpädagogin, erklärte ich meine Hilfsbereitschaft mir selber gegenüber als: „Ich laufe im Park und sehe einen fremden im See ertrinken. Den frag ich doch auch nicht vorher, was er denn zur Hölle jemals für mich getan hat und wenn die Antwort nichts ist, lasse ich ihn ertrinken." Also half ich gerne, sobald ich drum gebeten wurde und delegierte Aufgaben, sofern sie mir zu aufwendig wurden. In einem Telefonat mit meiner verwitweten Tante kam dann auch das Gespräch auf meinen biologischen Sonst-was-auch-immer und ich erklärte ihr, dass ich es für mich tatsächlich aufgegeben hatte, länger auf Interesse seinerseits an mir und meinem Leben zu warten. Solange er nicht selber begriff, dass für ihn die Tür immer offen stand und er einfach nur durchlaufen musste, solange er nicht von sich aus begriff, dass er bei jeder besten Gelegenheit mich eigentlich immer wieder aufs Neue verlassen hatte, würde sich an dieser Beziehung nichts ändern und ich war es leid darauf zu hoffen.

Sechs Wochen später rief mich mein Papa an, um vorzufühlen, ob ich bereit wäre ein Business mit meinem biologischen Sonst-was-auch-immer zu eröffnen:

„Dein Vater war gerade da..." – „Wie bitte? Was????" – „Ja, er war gerade hier, weil er ein Business mit dir aufziehen möchte..." Ich weiß ja, dass mein Papa manchmal einen merkwürdigen Humor hat, aber das ging echt zu weit. „Du ver@ßst mich doch, Paps? Und wenn ja, dann ist das kein guter Scherz! Ich hab mit ihm seit 15 Jahren nicht mehr als zwei Sätze geredet" – „Doch BeaBu, dein Vater war gerade hier und will mit dir ein Business aufmachen. Ich soll für ihn vorfühlen ob du Interesse hast." 1.000 Gedanken wie Gewehrkugeln schossen mir im Kopf herum und durchsiebten mein Gehirn. 1.000 Gedanken, einer nutzloser als der andere, bis schließlich die Antwort aus meinen Mund katapultiert kam: „Ich bin 37 Jahre alt. Wenn jemand mit mir Geschäfte machen möchte, dann sollte dieser jemand dies mit mir persönlich ausmachen und nicht über meine Eltern. Selbst wenn dieser jemand mein biologischer Sonst-was-auch-immer ist!!!"

Es fällt mir schwer, das zuzugeben, denn es hat mir im Leben an nichts gefehlt und ich liebe meine Familie so wie sie ist, aber ich hatte mein Leben lang darauf gewartet, dass er Interesse an mir und meinem Leben zeigte – und er kam mit einem Businessplan. Nicht mal einem Plan, einer Idee und den Worten: „Wir könnten unsere Beziehung darüber aufbauen, dass wir Geschäftspartner werden."

Was sollte ich dazu noch sagen? Vielleicht sowas wie: „Wir sollten vielleicht zuerst irgendeine Beziehung zueinander aufbauen, bevor ich dir mein Geld und meine Zukunft anvertraue?"

Na ja, so saß ich jetzt ein Jahr später und häkelte und wartete nicht, dass er vorbeikommt, um seinen Sch@&€ abzuholen. Punkt 19:00 Uhr kam die Erlösung: „BeaBu, ich schaffe es doch nicht! ..." Der Rest war eigentlich egal, automatisch fühlte ich mich erlöst. „Mein biologischer Sonst-was-auch-immer", im Volksmund auch „biologischer Vater" oder „Erzeuger" genannt, hatte mich wieder mal versetzt

239

und ich fühlte mich gleich ne Tonne leichter, konnte aufhören, zu häkeln und duschen gehen.

Wieso hatte ich jetzt noch mal gewartet?

XXVII

Das Ende einer Ehe

„In einer Ehe ist es egal, wer der Hund und wer der Hydrant ist! Das Wichtigste ist, dass es funktioniert!"
American Pie 3 (2003)
„...und wenn es nicht funktioniert ist man gut angepi@&t und angesch@&€en!"

„...das Schlimmste gerade für mich, in diesem Corona-Wahnsinn, ist eigentlich zurzeit, dass ich mich immer noch nicht scheiden lassen kann. Aufgrund dieses Shutdowns befassen sich die Gerichte nur mit dem Nötigsten und ich hatte eigentlich gehofft, dass dieser Spuk schon letztes Jahr um gewesen wäre..." – „Aber BeaBu", eine verwirrte, zaghafte Stimme drang durchs Telefon, „wieso wollt ihr euch denn scheiden lassen?" Damit hatte ich nicht gerechnet. Bisher musste ich niemandem diesen Schritt erklären, der uns kannte und da fiel mir ein: Sie kannte uns nicht. Schnell bemerkte ich das Missverständnis! „Nein, nein, nein, ich rede nicht von mir und Amo! Weißt du das gar nicht?" – „Nnnein", stotterte sie auf der

241

anderen Seite der Leitung. „Ach so", lachte ich auf, „ich bin immer noch mit meinem zukünftigen Ex-Ehemann verheiratet."

Das Leben davor

„Was stimmt denn nicht mit dir, BeaBu? Du lebst in einem tollen Haus in der besten Gegend Berlins, hast mehr Geld zur Verfügung, als wir anderen in deinem Alter und hast coole Eltern." Ich hob eine Augenbraue als Antwort. „Ach komm, was erwarten sie schon groß von dir? Dass du zur Schule gehst und deinen Abschluss machst? Da hätte es dich weitaus schlimmer treffen können!" Ich saß verheult auf der Couch bei meinem besten Freund, weil ich mal wieder von zuhause abgehauen war und da war es wieder dieses Gefühl: Ich sollte mich nicht beklagen, mein Leben war perfekt! Aber warum fühlte ich es dann nicht? *Wieso habe ich das Gefühl, ich bin eingesperrt und ersticke?* Da klingelte mein Handy, mein Vater war dran und zu meiner Überraschung erklärte er mir super nett und verständnisvoll: „Komm nach Hause BeaBu! Dann wechselst du jetzt halt die Schule und wiederholst das Jahr. Du bist erst

20, was macht da ein Schuljahr mehr oder weniger? Oder hast du eine Alternative? Und für die Zukunft: Lauf nicht weg, wenn du weißt, du wirst eh zurückkehren müssen. Es macht es nur unnötig schwer, zurückzukommen. Wenn du also möchtest, stehe ich bereits vor der Tür und nehm dich mit." – „OK." Und so fuhr ich wieder nach Hause.

Ich würde lügen, wenn ich behaupten würde, dass von da an alles besser wurde.

Ich wechselte die Schule und bemerkte, dass dort alle Fächer weitaus fortgeschrittener waren, als dass ich es jemals alleine oder mit Nachhilfe aufholen würde. Zusätzlich ging mir auf den letzten Metern mehr als die Luft aus und wie zu erwarten war, fiel ich durchs Abitur. Alternative? Immer noch keine. Ich durfte nochmal „freiwillig" wiederholen.

Zuhause wurde die Stimmung auch nicht besser und ich beschloss den Sprung zu wagen. „Mama, wir haben doch besprochen, dass ich diesen Sommer ausziehe." – „Ja, BeaBu, nachdem du dein Abitur bestanden hast." – „Ich bin 21. Wenn ich mein

Abitur mit 40 immer noch nicht bestanden habe, werde ich dann mit 40 immer noch hier wohnen?"

Ich zog zum Schulbeginn in meine erste eigene Wohnung.

Und wieder würde ich lügen, wenn ich behaupten würde, dass von da an alles besser wurde.

Die Schulfächer wurden auch beim zweiten Durchgang nicht signifikant leichter und ich musste mir eingestehen, dass ich bereits seit dem Schulwechsel beziehungsweise schon davor nach dieser verdammten Alternative suchte. Schließlich konnte ich mit meinem Rheuma nicht einfach so kellnern gehen. Meine alten Schulfreunde machten zum Teil schon ihren Bachelor und verlobten sich, während mich die Erkenntnis traf, dass ich auf dem Weg war, mein Abitur zum zweiten Mal in den Sand zu setzen und für immer Single zu bleiben, denn anscheinend war Rheuma kein Hindernis, um „Spaß" miteinander zu haben, jedoch sehr wohl, um eine feste Beziehung zu führen.

Und während ich weiter Tag für Tag erfolglos zur Schule ging und versuchte, mich mit meinem zukünftigen Leben als arbeitslose Frau mit zehn

Katzen zu arrangieren, passierten zwei Sachen plötzlich fast parallel.

Mein Oberstufenkoordinator fing mich auf dem Gang ab, bat mich in sein Büro, erzählte mir, wie ich innerhalb des nächsten halben Jahres mein Fachabitur machen konnte und das, ohne auch nur einen Tag weiter zur Schule zu müssen. Ich brach sofort ab, suchte mir einen Praktikumsplatz und fing neun Monate später zum Wintersemester an der Fachhochschule an, Sozialpädagogik/Sozialarbeit im Diplomstudiengang zu studieren. Auch ein sehr geeigneter Beruf, um ihn mit zehn Katzen zu koordinieren.

Jedoch kam ich zum Schulabbruch auch mit meinem zukünftigen Ex-Ehemann zusammen, was jetzt nicht unbedingt meinen Eltern einen guten Eindruck vermittelte, jedoch mir das erste Mal eine Perspektive darauf gab, meine Zukunft nicht mit Katzen zu fristen, sondern doch mit Kindern zu schmücken.

Und wäre das Leben ein Märchen, dann wäre die Geschichte hier zu Ende, aber das Leben ist nun mal keins und ich glaube im Nachhinein hätte ich mir

Jahre des Kummers und Schmerzes erspart, wenn ich damals ehrlich zu mir selbst gewesen wäre.

Wir passten von Anfang an nicht zusammen, aber seine Liebe zu mir und sein Bekenntnis, mit mir sein Leben zu verbringen, komme was wolle, reichten mir als Konstante eines gemeinsamen Lebens. Schließlich hatte auch ich starke Gefühle für meinen zukünftigen Ex-Ehemann. Das Problem war nur, ich verwechselte Empathie mit wahrer Liebe, ich verwechselte Geborgenheit mit Seelenverwandtschaft und ich verwechselte Loyalität mit Hingabe. Ich war felsenfest überzeugt, dass, nachdem niemand sonst sich ein Leben mit mir vorstellen konnte, dies meine einzige Chance war auf Ehe und Kinder.

So kam mir nicht einmal in den Sinn, dass es vielleicht auch darum gehen könnte, ob dieser Mensch wirklich in mein Konzept von Liebe, Leben und Familie passte. Ich suchte letztendlich keinen Partner, ich suchte einfach jemanden, der mich heiratet. Es ging mir nicht ums weiße Kleid und die Party, jedoch ging es mir um meine eigene Anerkennung, meinen eigenen Beweis, dass ich trotz Handycaps ein „normales" Leben haben kann. Ich wollte das

Konzept! Also ging ich an die Sache ran wie „was nicht passt, wird passend gemacht" – und verrannte mich so in meinen Vorstellungen eine dauerhafte, lange Ehe zu führen. Überzeugt, dass kein anderer außer ihm, dazu bereit sein würde.

Das Leben mittendrin

„Was willst du denn noch, Kind? BeaBu, du lebst in einer riesigen Wohnung in der besten Gegend Berlins, hast einen tollen Job und dein Mann liebt dich! Oder liege ich falsch?" Ich saß verheult auf der Couch meiner Eltern, weil ich mal wieder von zuhause abgehauen war und hate ein Déjà-vu. Da war es wieder dieses Gefühl: Ich sollte mich nicht beklagen, mein Leben war perfekt! Aber warum fühlte ich es dann nicht? *Wieso habe ich das Gefühl, ich bin eingesperrt und ersticke?* „Ich bin nicht glücklich, Papa." – „Aber warum, BeaBu? Klar, könnte er einen Job haben und etwas ehrgeiziger sein, aber euch mangelt es doch an nichts!" – „Es passt einfach nicht!" Mein Vater seufzte: „Und mit dem Nächsten wird es passen?" *Das war gemein.* „Ich meine einfach, ihr seid schon so lange zusammen, ihr habt sogar geheiratet, das wirft man nicht einfach so weg. Familie ist harte Arbeit und ihr wollt doch auch Kinder. Überleg es dir gut, nicht dass du es am Ende bereust." Mein Vater hatte mich an einen essenziellen Punkt in meinem Konzept erinnert. Ich wollte Kinder und ich hatte schon so viel Zeit darein investiert.

Ich war zu ihm zurückgegangen, entschlossen, nicht nochmal auf den letzten Metern alles hinzuschmeißen. So begann ich entschlossen, alles auszublenden, was meine eh auf Sand gebaute Ehe hätte zum Einsturz bringen können.

Ich blendete so gut ich konnte die übermöblierte, ungemütliche Wohnung aus, weil ich nicht mehr dagegen ankämpfen wollte, dass sie mehr seiner ursprünglichen Junggesellen-Bude glich. (Man sah nur noch an der Wandfarbe und dem Schminktisch im Schlafzimmer, dass ich da auch wohnte.)

Ich blendete so gut ich konnte seine immer häufiger werdenden „Trinkgewohnheiten" aus und versuchte, gar nicht mehr sein Verhalten zu kaschieren oder zu entschuldigen. (Ich hörte einfach auf, mit ihm mitzugehen und verbrachte die Zeit alleine zuhause, da sich die meisten meiner Freunde das Verhalten von ihm auch nicht mehr geben wollten.)

Ich blendete die Streitereien mit meiner Familie aus, bis hin zu dem Punkt, an dem ich gar nicht mehr mit ihnen redete. (Mein Leben. Meine Ehe. Meine Entscheidungen.)

Und dann blendete ich noch den mir letzten verbliebenen Punkt aus, der mich an einer langen Ehe hätte hindern können: Ich blendete mich selber aus. (Ich fokussierte mich nur noch auf den Wunsch, schwanger zu werden und nichts anderes zählte.)

„Dir ist schon bewusst, dass diese Einstellung nicht mehr zeitgemäß ist, BeaBu? Ich kenne niemanden, der so etwas mitmachen würde, Schwesterherz! Ich meine, wir führen seit zehn Jahren immer wieder das gleiche Gespräch – versteh mich nicht falsch, ich liebe dich und werde dieses Gespräch auch weitere zehn/20/30 Jahre mit dir führen, wenn es dir hilft – aber du musst verstehen, dass die Situation sich nie ändern wird und du wirst ihn nie verlassen." – „Wenn ich das nächstes Mal gehe, dann ohne Reue und ohne Wiederkehr!" – „Ach Quatsch! Wir werden mit 80 immer noch das gleiche Gespräch führen!"

Nach zwei nicht enden wollenden Fehlgeburten (weil ich Genie mich gegen die Ausschabung entschieden hattee, damit ich schneller wieder schwanger werden konnte), einer Nieren- beckenentzündung (weil ich Genie keine Antibiotika-Therapie bei einer Blasenentzündung haben wollte, damit ich schneller wieder schwanger werden konnte), einem neu entflammten Rheumaschub biblischen Ausmaßes (bei dem ich Genie mich auf Cortison setzen ließ, damit ich überhaupt wieder schwanger werden könnte), 116kg auf der Wage (Hormonschwankungen) und einem kaputten Sprunggelenk (bei dem ich Genie die OP rausgeschoben hatte, damit ich erstmal schwanger werden konnte), waren mein Körper und meine Seele so runter- gewirtschaftet, dass ich Genie gar nicht hätte schwanger werden können, selbst wenn ich die Fruchtbarkeitsgöttin höchst- persönlich gewesen wäre.

Eines Abends kam ich nach der Arbeit nach Hause und mein zukünftiger Ex-Ehemann, der seit kurzem einen neuen Job angefangen hatte, berichtete mir von seinem neuen zehn Jahre jüngeren Chef, der seine

Freundin und Familie in irgendeinem Kaff verlassen hatte, um in Berlin Karriere zu machen. Parallel zu dieser Erzählung (ja, ich blendete mittlerweile sogar ihn aus), erinnerte ich mich daran, wie ich zehn Jahre zuvor die Freundschaft zu meinem besten Freund verlor, weil mein Ehemann damals beschloss, mit ihm ein Business aufzuziehen, wie ich mich das erste Mal mit meiner Familie zerstritten hatte, weil meine Cousins anfangen wollten, mit ihm zusammenzuarbeiten, an unzählige Business-Ideen von ihm, die mit meinem Gehalt gestartet waren und im Sand verlaufen waren.

Jedenfalls bemerkte ich zu spät, dass mein Mann sich bereits in Rage geredet hatte und stieg geistig bei dem Satz wieder ein: „...Und das ist alles überhaupt deine Schuld! Ich hätte so viel mehr aus meinem Leben machen können, wenn wir nicht zusammengekommen wären! Du hast mich noch nie unterstützt und jetzt muss ich auch noch mit diesem Angstbild in meinem Kopf leben: an einer Hand du im Rollstuhl, an der anderen Hand ein Kinderwagen und die Hundeleine zwischen den Zähnen! Ich kann nicht mehr. Lass uns eine offene Ehe versuchen." Das ohrenbetäubende Geräusch von zerspringendem Glas jagte mir durch den Kopf, aber es kam nicht von außen. Die letzte Konstante dieser Beziehung zersprang so schnell in meinem Kopf, dass ich die Realität nicht mehr ausblenden konnte. Meine Illusion zersprang mit so einer Gewalt, dass sie alles Ausgeblendete mit sich riss. Ein Feuerwerk aus splitternden Glaskugeln, jede mit einer ausgeblendeten/ verdrängten Situation, einer ausgeblendeten/verdrängten Reaktion und jeder einzelnen ausgeblendeten/verdrängten Person, zerplatzten wie Weihnachtskugeln auf Beton. Bis zum Schluss das Konzept in Form eines Hauses mit Garten und spielenden Kindern zerplatze und in feinem Glasstaub glitzernd in der Dunkelheit verschwand.

Totenstille in meinem Kopf, Totenleere in meiner Seele, ein völlig zerstörter Körper und die unwiderlegbare Erkenntnis:

Es ist vorbei!

Das Leben danach

„Papa... Ich bin's, BeaBu... Ich weiß, wir haben seit anderthalb Jahren nicht mehr miteinander geredet, aber ich hab morgen einen wichtigen Termin und ich möchte, dass du mich begleitest. Ist das Möglich? Ich erzähl dir dann morgen, wohin es geht, aber es ist nicht weit." – „Kein Problem. Wohin auch immer. Danke, dass du angerufen hast. Ich bin morgen da."

Am nächsten Morgen stieg ich mit zitternden Knien und leicht verschwitztenj Händen zu meinem Vater ins Auto. Nachdem wir die Adresse ins Navi eingetippt hatten, fuhren wir los. „Und wohin fahren wir?" – „Zur Unterzeichnung meines neuen Mietvertrages." Ich atmete tief durch und schaute von meinen Händen zu meinem Vater auf. „Es ist vorbei und ich ziehe aus!", ergänzte ich entschlossen. Völlig vor den Kopf gestoßen reagierte mein Vater anders, als ich erwartet hatte. „Wieso?", fragte er verdattert. „Ich dachte, du würdest dich mehr freuen über diese Neuigkeiten", erwiderte ich. „Ich? Wieso ich? Was habe ich damit zu tun? Es ist dein Leben und wir haben uns da völlig rausgezogen." – „Und hätten sich vielleicht früher alle da rausgezogen, dann wäre es vielleicht auch früher zu Ende gewesen. Dann hätte ich vielleicht früher erkannt, was ich jetzt weiß, und hätte nicht soviel Zeit darauf verschwendet, ihn zu verteidigen und das Gute darin finden zu müssen." *Wenn ich nicht zusätzlich wie eine Besessene an einem selbst auferlegten Konzept festgehalten hätte*, ergänzte ich in meinen Gedanken. „Hat er eine andere?" – „Wieso fragst du eigentlich nicht zuerst, ob ich jemand anderen habe?" – „Hast du?", fragte er mit aufleuchtenden Augen. „Nein, hab ich nicht!" – „Und wieso gehst du dann?" – „Weil ich begriffen habe, dass ich alleine nie so unglücklich und einsam sein werde, wie ich es in dieser Beziehung war! Selbst wenn ich niemals jemand Neues finden werde (was ich mehr als bezweifle) und niemals Kinder haben werde (Gott bewahre), werde ich niemals mehr so todunglücklich sein können." Mein Vater war immer noch nicht überzeugt und so fuhr ich fort: „Es ist schon seit einem Jahr vorbei. Wir wollten es nur nicht offiziell machen, weil wir erstmal den Verlauf der Sprunggelenks-OP abwarten wollten. Konnte ja niemand wissen, dass aus sechs Wochen Recovery-Zeit acht Monate Rollstuhl-Zeit werden. Aber jetzt, da ich zumindest wieder auf Krücken die Wohnung verlassen kann, will ich nicht länger warten." – „Wieso behältst du nicht die Wohnung und er zieht aus?" – „Hörst du mir nicht zu, Papa? Ich war gerade acht Monate in dieser Wohnung eingesperrt, weil sie 20 Stufen hat und ich im Rollstuhl saß." – „Aber jetzt läufst du doch wieder auf Krücken! Sie ist zumindest groß genug, um eine private Pflegekraft mit einziehen zu lassen." – „Ok Papa, ich versuche es dir mal so zu erklären: Ich brauche keine 130qm Wohnung mit fünf Zimmern, die sich für mich als überdimensioniertes Gefängnis entpuppt, sobald meine Gesundheit etwas schlechter ist, samt privater Pflegehilfe, die als Aufseherin fungiert. Dafür habe ich meinen Mann nicht verlassen. Ich habe ihn verlassen, um frei und glücklich zu werden. Das ist der Plan!"

Zwei Wochen später bin ich ausgezogen. In dem Moment, als die letzten Möbel im Umzugslaster waren und hinter mir das eiserne Tor zu unserem Vorhof zuschlug, löste sich ein Glücksschrei aus meiner Seele. Ich lachte, bis ich weinte und weinte, bis ich lachte. So dumm, da setzt man sich in ein selbstgemachtes Gefängnis, verliert den Schlüssel, leidet jahrelang und alle Beteiligten drumherum bis man begreift, dass man selber dieser Schlüssel ist und jederzeit hätte gehen können.

Ich bereue keine Minute dieser Beziehung und ich bereue nicht, sie beendet zu haben. Letztendlich habe ich daraus die Prämisse für mein Glück gefunden, denn immer wenn ich mich in einer Situation wiedergefunden habe, wo ich mich locker mit weniger hätte zufrieden geben können, sei es die Wohnung, Freundschaften oder einen neue Partner, ging mir mein neues Mantra durch den Kopf: *Also dafür habe ich meinen Mann nicht verlassen.* Und ich werde mich niemals mehr mit weniger zufrieden geben, wenn mehr so einfach zu haben ist.

Ich brauchte nur Mut, Zuversicht und die Erkenntnis, dass auch ich trotz meiner Fehler ein Recht auf meinen Selbstwert und mein Glück haben kann.

XXVIII

Die Männer, die mich ins Leben zurück brachten

„(...) Ich fühle nichts! Weder den Wind auf meinem Gesicht, noch die sprühende Gischt der See (...)"
Fluch der Karibik (2003)
„Oh, dann wird es aber schleunigst Zeit etwas an ihrem Leben zu ändern!"

„BeaBu, du siehst fantastisch aus!" – „Danke, das kommt daher, dass ich meinen Mann verlassen habe!" Ungläubig schaute mich meine Cousine an und plötzlich brachen wir beide in schallendes Gelächter aus. „Wirklich?", japste sie. „Wirklich!", antwortete ich und wischte mir die Lachtränen aus den Augen. „Na dann, BeaBu, wenn's passt!" – „Und wie!", zwinkerte ich ihr zu.

Der Mann, der meinen Verstand befreite

„Liebste Freundin,
ich habe einen unglaublichen Mann auf Reha kennengelernt. Der Mann an sich ist nicht das Unglaubliche, sondern die Art, wie sich die Luft um

257

uns verändert, sobald er in meiner Nähe ist. Es ist, als ob man die Chemie förmlich sehen, riechen und greifen könnte. Ich hab sowas noch nie erlebt. Es zieht uns zueinander, als wären wir Magnete. Jeder um uns herum sieht und fühlt diese positive harmonische Aura und versucht, in ihren Dunstkreis zu kommen und dort zu bleiben.

Im Vortrag gestern meinte die Referendarin: „Also, euch beide buche ich jetzt in jede meiner Gruppen! Ihr seid voll die Party!" Und das sind wir auch. Etwas nervig sind nur die langsam aufkommenden Gerüchte, wir hätten was am Laufen. Er sieht's gelassen und tatsächlich machen wir uns unseren Spaß daraus. Denn jetzt kommt das nächste Unglaubliche: Diese Aura, Chemie oder sogar Magie (nenn es, wie du willst) zwischen uns ist rein intellektuell. Die körperliche Anziehung ist wahrscheinlich auch ein Teil davon, jedoch sowas von nebensächlich! Das Faszinierende sind unsere Gespräche und eigentlich noch nicht mal das! Es ist das Bild, was er darin von mir zeichnet: Es ist, als ob er NUR die BeaBu in mir sieht, die ich vor Jahren mal war. Die lustige, lebensbejahende, vor Charisma und

Energie strotzende junge Frau, die sich von nichts im Leben (weder Rheuma noch sonst was) aus der Bahn hat bringen lassen. Und tatsächlich möchte ich nichts sehnlicher, als diesem Bild so schnell wie möglich und so gerecht wie möglich, wieder entsprechen. Wenn ich nur wüsste, wie...

Tatsache ist, dass es mit mir und meinem Mann nicht mehr das ist, was es mal war. Wahrscheinlich war es sogar nie das, was es hätte sein sollen. Aber ich will doch so sehr Kinder und ich hab das Gefühl, wenn ich wirklich wirklich wirklich gehen sollte, dann muss ich diesen letzten Faden kappen, an dem meine Ehe hängt: meinen Kinderwunsch! Ach meine liebste Freundin, ich weiß ja, wie dumm es klingt, aber das ist nun mal die Wahrheit! Es hat sich so in meinem Kopf manifestiert: Entweder ich bleibe und hab die Chance auf Kinder oder ich gehe und schmeiße die Chance weg! Denn ehrlich: Ich kann mich als Single nicht auf die Suche nach dem nächsten Babydaddy machen! Das ist totaler Blödsinn! Und noch ehrlicher gesagt: Ich bin so ausgelaugt von den Erfahrungen der letzten Jahre, dass ich sowieso bezweifle, ob ich überhaupt nochmal bereit für diesen Weg sein werde. So viel erstmal zu mir. Wie geht's dir? Ich schreib dir in ein paar Tagen nochmal.

Á bientôt!"

„Liebste Freundin,

ich hätte dir gern früher geschrieben, aber hier, auf Reha, haben sich die Ereignisse überschlagen und ich hab erst jetzt eine ruhige Minute gefunden, um dir diesen Brief zu schreiben.

Letzte Woche bin ich aus dem Nichts mitten in der Nacht wach geworden und habe keine Luft bekommen. Zuerst wär ich fast in Panik verfallen, aber ich hab mal gelesen, dass sich dadurch erst recht die Lunge zusammenzieht und man sich stattdessen beruhigen und ganz langsam und flach atmen soll. Jedenfalls hat das so lange ausgereicht, dass ich an den Notknopf für die Nachtschwester gekommen bin. Innerhalb von Minuten war ich an eine Sauerstoffmaske angeschlossen und plötzlich ging es wieder. So unvorstellbar: Ich bin am Abend gesund ins Bett und plötzlich, wie aus dem Nichts, ersticke ich. Jedenfalls wurde es am Morgen nochmal schlimmer, denn, als ich auf Toilette ging, hatte ich einen so starken Schwächeanfall (gepaart mit der Atemnot), dass sie den Rettungsdienst rufen mussten: Verdacht auf Lungenembolie. Im nächsten Krankenhaus konnten sie dann kein vernünftiges CT-Bild machen, weil jedes Mal platzten meine Venen, als das Kontrastmittel eingeschossen wurde. Sie legten mich auf die Intensivstation.

Nach drei Tagen kam dann die Entwarnung: Die Lungenembolie wurde ausgeschlossen. Es war eine verschleppte Lungenentzündung mit Rippenfell -Beteiligung, ergo bekam ich Antibiotika und wurde zurück zur Reha geschickt.

Aber diese drei Tage auf der Intensivstation, diese drei Tage, als nicht klar war, ob ich jeden Moment an einer Lungenembolie sterbe oder nicht, ging mir nur eines durch den Kopf: Und das war jetzt dein Leben?! Wie konnte ich es zulassen, so unglücklich zu werden? Wie viel meiner Lebenszeit muss ich noch verschwenden, bis ich begreife, dass mein Leben so nicht funktioniert?

Und als ob diese Erfahrung noch nicht reichen würde, ging das Universum anscheinend auf

Nummer sicher und verpasste mir, als ich gerade wieder zur Reha zurückkam, direkt einen Schlag voll unter die Gürtellinie.

Gerade mit dem Krankentransport angekommen, beschloss ich nach der Arztvisite in die Cafeteria zu gehen und in Ruhe über alles nachzudenken. Und als ich es mir mit meinem Cappuccino gemütlich gemacht habe, rennt ein kleiner blonder Junge durch die Tür und direkt zur Eistruhe. Gespannt schau ich, zu wem der Kleine wohl gehört und wie aufs Stichwort kommen die Eltern durch die Tür. Das war ein Wiedersehen: Es war toll und scheußlich zugleich! Lass mich versuchen es dir zu erklären: 2012 hatte die Kinderklinik in Garmisch 60. Jubiläum. Natürlich erreichte die Nachricht auch alle „Ehemaligen" und wie der Zufall es so wollte, waren mein Mann und ich im gleichen Hotel wie dieses erwähnte Pärchen abgestiegen. Wir waren beim Frühstück zusammen und gingen zusammen zum Jubiläum. Damals schienen wir auf demselben Level zu sein. Zwei Schwerst-Rheumatikerinnen mit ihren liebevollen gesunden Ehemännern auf dem Weg, eine Familie zu gründen.

Und hier sind wir nun, 2018 in der Cafeteria auf Reha: Beim Anblick dieser kleinen süßen Familie und deren immer noch so liebevollen Umgangs miteinander, fiel es mir wie Schuppen von den Augen. Und einmal gesehen, kann man manche Sachen nicht nicht sehen!

Es wirkte plötzlich wie eine Filmszene vor meinen Augen, genauer noch: wie eine verzauberte Szene auf einer Blumenwiese! Mit Sonnenschein, Regenbogen, Schmetterlingen, allem, was dazugehört und diese kleine süße Familie im Zentrum. Spielend, lachend, liebend – Familie Sonnenschein!

Und wir daneben: Die Addams Familie (eigentlich sogar wesentlich schlimmer, denn Gomez und Morticia waren unsterblich ineinander verliebt). Jedenfalls wie ein Negativbild durch einen Strich in der Mitte getrennt, stehen wir auf derselben Wiese in Schwarz-Weiß, im Regen, in Trauer, in Tod, kurzum: in allem Negativen. Weit und breit keine Möglichkeit, ins Licht zu treten – Familie Hundeelend!

Liebste Freundin, ich gab mein Bestes, mir nichts anmerken zu lassen. Begrüßte die süße kleine Familie und machte Smalltalk.

Ich hab mich in meinem Leben nicht so schrecklich gefühlt, zumindest nicht so, dass ich es zusätzlich unterdrücken musste! Ich wollte aber meine negative Lebenssituation nicht übertragen und ich freute mich eigentlich aus tiefstem Herzen, dass es zumindest für eine von uns beiden funktioniert hatte.

Sobald sie sich verabschiedet haben, konnte ich nicht mehr an mich halten und ging auf die Terrasse. Ich stellte mich ans Geländer, beobachtete die Berge und heulte Sturzbäche.

Als ich mich wieder beruhigte, bemerkte ich, wie die Luft um mich herum plötzlich kribbelte und tatsächlich: Als ich mich umdrehte, saß er seelenruhig an einem Tisch unweit von mir und lächelte: „Du scheinst es gebraucht zu haben, BeaBu!" Mir war hundeelend, aber aus einem Impuls heraus (und wahrscheinlich, weil mich alle bisherigen Gespräche mit ihm ein Stück näher an mich selbst brachten), erzählte ich ihm von meiner Beobachtung: Familie Sonnenschein vs Familie Hundeelend!

Er hörte sich alles kommentarlos an und als ich fertig war, haute er plötzlich raus: „BeaBu, ich kann keine Kinder kriegen!" Perplex schaute ich ihn an. Was hatte das jetzt damit zu tun oder überhaupt mit mir? Ich verstand kein Wort. „Was ich damit sagen will", und er hob die Hand als Zeichen, ich solle ihn aussprechen lassen, „ich habe schon zwei Kinder, ich hatte eine Vasektomie und einen Unfall mit einem Stahlträger! Ich kann keine Kinder mehr kriegen!" Das wat immer noch keine Erklärung, schließlich waren wir nicht zusammen und wollten Kinder miteinander. Warum erzählte er mir das? Ich stand auf dem Schlauch, wo war die Pointe? Anscheinend sprach mein Gesicht Bände, denn er fing schallend an zu lachen. „Jetzt schau mal, BeaBu, ich bin 20 Jahre zu alt für dich, ich liebe meine Frau und körperlich war und wird nie was zwischen uns laufen. ABER wir haben gerade eine fantastische Zeit miteinander verlebt, mit mega viel Spaß, geistreichen Gesprächen und so viel positiver Energie, dass man damit wahrscheinlich ein Atomkraftwerk betreiben könnte.

Wenn du jetzt jemand Neues für dich als Partner wählen würdest – wäre ein Leben voller Liebe und Freude, mit jemandem, der vielleicht sogar dein Leben leichter machen würde, als es noch zusätzlich zu erschweren, aber du im Gegensatz gegebenenfalls auf Kinder verzichten müsstest, nicht viel mehr wert? Stell dir mal vor, du triffst eine jüngere ungebundene Version von mir, aber du könntest mit ihm nie Kinder haben. Würdest du diesen Mensch und dieses glückliche Leben ziehen lassen für ein unglückliches Leben in dem nicht klar ist, ob du überhaupt je Kinder kriegen wirst?" Und da fiel der Groschen. Ein unbeschwertes Leben voller Freude, Liebe, Glück und Spaß, gegebenenfalls mit oder ohne Kinder, aber nie mehr Familie Hundeelend! Und in dem Moment befreite sich mein Verstand, als hätte ich unter einer Gehirnwäsche gestanden und der letzte Faden, an dem meine zerstörte Ehe hing, löste sich in Luft auf. Ich war frei! Ein neuer Gedanke fand Einzug: Selbst wenn ich diesen einen Partner nie finde, werde ich niemals wieder so totunglücklich sein können wie mit diesem Ehemann und diesem zerstörerischen Kinderwunsch!

Á bientôt"

Der Mann, der meinen Körper befreite

„Liebste Freundin,

ich bin jetzt mehr oder weniger seit drei Monaten aus der Reha entlassen worden, bin Single und wahrscheinlich der glücklichste Mensch auf unserem Planeten. Mein Leben hat sich buchstäblich um 180 Grad gewendet.

Ich hab's durch Zufall geschafft und bin direkt in eine traumhafte Zwei-Zimmer-Dachgeschoss-Wohnung gezogen und hab an Möbeln nur das Nötigste mitgenommen.

Meine Eltern waren auch sehr unterstützend und haben mir zur Einweihung ein neues Bett geschenkt. Das alte Bett wollte ich nicht. Eigentlich wollte ich so wenig wie möglich aus meinem „alten Leben" mitnehmen, weil ich die gesamte negative Energie nicht mit ins neue Leben mitnehmen wollte. Und plötzlich waren sie alle wieder da. Meine Familie, meine lang vermissten Freunde, meine Positivität und meine Lebensfreude.

Ein paar Wochen nach meinem Einzug saß ich mit A-Hörnchen und der ganzen Entourage auf meinem Balkon. Wir tranken Wein und genossen die sommerliche Abendsonne. Da drehte sich A-Hörnchen zu mir um: „BeaBu, entsperre mal dein

Telefon und gib's mal rüber. Ich werd dir jetzt ne neue App installieren!" OK... Keine Ahnung, was das wird, aber neugierig gab ich ihr mein entsperrtes Handy in die Hand. „Maus, was wird das jetzt?" Ich kriegte langsam ein merkwürdiges Gefühl und dann kam die Bestätigung aus ihrem Mund: „Ich hab dir ne Dating-App aufs Handy gepackt!" Sie grinste über beide Ohren und ich konnte nicht anders, ich verdrehte die Augen und schüttelte lachend den Kopf. „Ich bin kaum nen Monat Single, wenn man außen vor lässt, dass ich überhaupt noch verheiratet bin. Ich will keinen neuen Kerl! Ich bin froh, dass ich den letzten endlich los bin! Ich finde gerade zu mir selbst...", Liebste Freundin, was soll ich sagen, ich schaute ringsherum in die leuchtenden Gesichter meiner Entourage und wusste, der Kampf ist verloren. Ich seufzte: „Ich hoffe, es ist zumindest nicht Tinder!" – „Aber nein, BeaBu! Es ist so ähnlich wie Tinder, nur mehr intellektuell. Außerdem haben sich da Freunde von mir auch kennengelernt und sind zusammengekommen!" Wieso man intellektuell beim zwanglosen Dating sein sollte, war mir zu dem

Zeitpunkt noch nicht klar, jedoch knickte ich ein und ließ sie gewähren.

„Mach dir keinen Kopf BeaBu, es ist nur für den Fall, dass dir langweilig wird oder dich die Neugier packt." Das hätte gar nicht so schnell passieren dürfen! Ich wollte arbeiten, kreativ sein, mein Buch zu Ende bringen! Ich hatte es bereits vor Jahren auf meinem Blog als Überraschung angekündigt und seitdem nichts mehr gepostet! Ich wollte endlich loslegen! Kurz: Ich wollte leben! Aber ich fühlte mich auch befreit und stark und gehörte Dating nicht zum Leben? War Sex nicht die urreine Definition von Leben?

Nicht mal zwei Wochen nach der spontanen Installation von A-Hörnchen, öffnete ich zum ersten Mal die App. Kurze Zeit später hatte ich bereits ein perfektes Profil und swipete durch den Datingjungle, als wäre ich in ihm geboren. Ja, ich liebte es! Ich liebte die Aufmerksamkeit, das kostenlose Essen und die Tatsache, mich mit spannenden, skurrilen, witzigen, charmanten neuen Menschen auszutauschen. Es war faszinierend: Je mehr ich mich mit anderen traf, desto mehr lernte ich mich selber kennen!

Ok, zugegeben, am Anfang dauerte es paar Tage und zwei verkackte Dates, bis ich mein Profil auf seine letzte perfekte Einstellung anpasste, aber hey, danach hatte ich nie wieder Probleme. Mein Geheimnis? Ich war brutal ehrlich! Ich hatte sowohl in meinem Profil Bilder von meinen Rheuma-Händen und meinen narbenverzierten Knien drin, als auch nochmals in meiner Profilbeschreibung: charmante, lebensfrohe, kreative, Hardcore-Rheumatikerin!

Und ich habe die ausgewählten Matches immer sofort auf das Thema gelenkt, damit sie wirklich wussten, worauf sie sich da einliessen.

Das Letzte, was ich wollte, war ein Catfish zu sein! Das macht so überhaupt keinen Sinn und ist voll die Zeitverschwendung! Und am meisten ist mir das bewusst geworden, als ich selber gecatfisht wurde. Erwartet hatte ich nen durchtrainierten, 190 cm großen Kampfsportler aus nem Steuerbüro – getroffen habe ich nen 160 cm großen Lauch, der Reinigungskraft bei nem Steuerberater ist. Ist ja auch fast das Gleiche!

Brutale Ehrlichkeit! Das war das Motto! Das und das Mantra, was sich unbewusst in mein Bewusstsein geschlichen hat: Dafür hast du deinen Mann nicht verlassen! Du hast ihn für ein besseres Leben verlassen! Dafür hast du deinen Mann nicht verlassen! Du hast ihn für ein besseres Leben verlassen! Never ever settle down for less! Ich werde mich nicht nochmal unglücklich machen, meine Zeit verschwenden und Kompromisse zu meinem Nachteil machen!

Denn dafür hast du deinen Mann nicht verlassen! Dann hättest du dir das alles sparen können und wärst in deinem alten unglücklichen Leben geblieben!

Und es wirkte Wunder! Ich traf mich nur noch mit großen, interessanten, erfolgreichen Männern! Nach einer Weile bemerkte ich jedoch ein besonderes körperliches Problem.

Liebste Freundin, ich weiß echt nicht, ob und wie ich es dir sagen soll, jedoch habe ich damals angefangen sehr viel darüber zu lesen und stellte fest, es geht sehr vielen Frauen so, dass sie keinen richtigen Orgasmus kriegen. Das war zwar beruhigend, jedoch nicht sonderlich befriedigend (im wahrsten Sinne des Wortes)!

Vor allem, weil das Problem schon plötzlich während meiner Ehe auftauchte und mir die Lust fast ganz verdarb, bis mir mein Mann vorwarf, ich sei wahrscheinlich frigide geworden!

Jedoch hatten wir uns anscheinend beide bei dem Thema sehr geirrt...

Wenn man ein körperliches Problem hat, sollte man zu einem Doktor gehen. Bei mir kam der Doktor jedoch aus der besagten Dating App und war kein Doktor der Medizin, sondern ein Doktor der Chemie! OMG! OMFG!

Es begann wie immer, und wie immer drohte es gerade, langweilig zu werden. Ich bereitete mich gerade schon vor, den armen Herren für seine Mühe mit einem Gefakten zu belohnen und dann einfach schlafen zu gehen, als plötzlich in mich der Blitz einschlug! Und nochmal direkt hinterher und nochmal und nochmal! Absolute Leere in meinem Kopf, eine meditative tiefe Entspannung und eine Welle der absoluten Freude! Und noch eine Welle und noch eine und noch eine! Langsam fühlte ich mich wie ein ertrinkender auf dem Ozean und dann katapultierte es mich über das Nirvana hinaus! Es hörte einfach nicht mehr auf! Irgendwann war meine Haut so überreizt, er berührte mich nur leicht am Arm und ich flog über das Nirvana hinaus! Wie lange sowas wohl gehen kann? Keine Ahnung! Mein Rekord lag jedenfalls bei mehreren Stunden in dieser Nacht und auch nur, weil der Doktor der Chemie am nächsten Morgen zur Arbeit musste und sich irgendwann verabschiedete. Bevor er jedoch zur Tür rausging, drehte er sich nochmal um und sagte etwas Unvergessliches: „Dein Körper war ziemlich ‚ausgehungert'! Du kommst anscheinend aus einer ziemlich lieblosen Beziehung. Kleiner Rat: Lass das nicht nochmal zu!" Und mit diesen Worten verschwand er im Morgengrauen und nahm mein Problem für immer mit! Er hatte meinen Körper befreit!

Ich bin jetzt mal gespannt, was die Zukunft bringt! Ich halte dich auf dem laufenden und schreibe dir wieder – ganz bald!

Á bientôt"

Der Mann, der mein Herz befreite

„Liebste Freundin,

kennst du die Geschichte von meinem Traumleben: Haus, Garten, Kinder? Ein weißer Zaun drumherum, eine Schaukel im Baum? Dieses ganze kitschige Klischee einer Amerikanischen-Vorstadt-Film-Familie? Kurz gesagt, das Bild, das am Ende meiner Ehe zu Staub zerfallen war? Nur hat sich jetzt während meiner Single-Zeit ein etwas anderes Bild des zu Staub zerfallenen Szenarios gezeichnet.

Das Haus, der Garten, der Zaun, alles intakt, doch plötzlich breche ich als losgelassenes Wildpferd durch die Hauswand, verwüste mit Freude den Garten und breche mitten durch den weißen Zaun – in tosendem Galopp in die Freiheit! Ich blicke keine Sekunde zurück, sondern genieße jeden Meter Abstand, der zwischen mir und dem zurückgelassenen Haus immer größer wird. Frei! Endlich frei!

Gerade als ich anfing mich zu fragen, ob ich wohl für immer nur so rennen würde, tauchte plötzlich in der Ferne ein sehr junger Mann mit einer Karotte in der Hand auf. Er stand einfach da und hielt eine Karotte ausgestreckt in der Hand. Das war's. Er bewegte sich nicht, versuchte nicht, auf mich zuzugehen und schreckte nicht vor meiner Wildheit zurück. Ich jedoch erschrak zutiefst! Ich war hin und her gerissen: Sollte ich weiter rennen? Sollte ich mich nähern? Würde ich mich wieder einfangen und einsperren lassen? Ich war irritiert und nahm Reißaus! Das ist nichts für mich! Das ist eine Falle! ... Aber neugierig wie ich war, ging mir der junge Mann mit der Karotte in der Hand nicht aus dem Kopf! Schließlich stand er ja nur da. Wie kann das gefährlich sein? Ich kam wieder.

Und wieder stand er einfach da und hielt eine Karotte ausgestreckt in der Hand. Diesmal ging ich näher und immer noch geschah nichts. Ich ging näher und erblickte, wie der junge Mann am Leibe zitterte. Er war so voller Angst, aber er war auch fest entschlossen, die Karotte nicht fallen zu lassen und den Kontakt zustande zu bringen. Ich trat vorsichtig näher. Stellte mich in meiner gesamten Pracht vor ihm auf und nahm die Karotte. Er lächelte und war sichtlich erleichtert, dass er das richtige getan hat und ich ihm nicht den ganzen Arm abgebissen hatte.

Seitdem wiederholte sich das Muster: Er stand da mit der Karotte und ich kam immer wieder. Eines Tages fragte ich ihn, ob er mich auf meinem Weg begleiten möchte, ich wusste zwar nicht wohin, aber er anscheinend auch nicht. Und so begann unsere gemeinsame Reise.

Ich nahm mein Tempo raus und er legte an Tempo zu. Auf Abstand, aber immer noch nah beieinander gingen wir nebeneinander her. Bis wir an eine Gabelung kamen und uns entscheiden mussten, weiter zusammen oder doch wieder jeder für sich den eigenen Weg zu gehen.

Eigentlich dachte ich immer, ich bin mutig! Und ja, Mut ist die Überwindung der Angst. Je älter ich jedoch wurde, desto mehr kam aber die Überlegung des „Wozu?" beziehungsweise der Belohnung und des Wertes hinzu! Während ich in der Jugend jeden Schwachsinn mitgemacht hätte, jede Chance ergriffen hätte und jede Situation fast waghalsig gemeistert hätte, musste ich plötzlich feststellen, ich war ein sehr gebranntes Kind.

Ich wollte mich auf den jungen Mann einlassen, ganz ehrlich wahr, jedoch wollte ich nicht wieder unglücklich und verletzt in einer Beziehung sein. Und dann passierte etwas Unerwartetes: Der junge Mann setzte sich direkt vor der Gabelung hin und sagte: „Du entscheidest! Ich hab alle Zeit der Welt! Ich hab noch nie so jemanden wie dich kennengelernt! Ich werde hier sitzen und auf dich warten, selbst in alle Ewigkeit, wenn es sein muss, aber ich werde dich nie drängen, nie zwingen und nie überreden. Ich bin hier und wenn du beschließt, den Weg mit mir zusammen zu laufen, werde ich der glücklichste Mensch auf diesem Planeten sein. Und wenn nicht, werde ich mich für dein Glück auf deinem eigenen Weg freuen. Aber bis du dich entscheidest, warte ich hier." Instinktiv gab er mir den nötigen Halt und das Vertrauen. Und beides wollte ich nicht verlieren oder enttäuschen!

Liebste Freundin, da war die Metapher „über das Kennenlernen, der Liebe meines Lebens" auch zu Ende.

Tatsächlich drängte er mich nie zu irgendwelchen Entscheidungen. Wir führten ellenlange Gespräche, wir lernten uns auf eine Art und Weise kennen, von der ich nicht mal wusste, dass es sie gibt. Wir stellten fest, dass wir uns in den meisten Punkten so ähnlich waren, dass unser Hirn synchron war. Ich entdeckte eines Tages verwirrt, dass ich körperlich fühlen konnte, wenn es ihm gut oder schlecht ging, weil es mir in dem Moment gut oder schlecht ging.

Eines Morgens stellte ich fest, dass in mir eine Liebe für diesen Menschen aufblühte, wie ich sie noch nie nie nie gekannt hatte. Es traf mich aus dem Nichts: *Ich glaube, ich hab noch nie so für einen Mann empfunden!* Ich erschrak! Ja, es ist eine grauenhaft angstvolle Geschichte. Ja, das aus dem Mund eines Menschen, der sooo viel gesehen und überlebt hat wie ich! Aber ich war wie gelähmt! Dieses Gefühl war so groß und so angsteinflößend, aber es war die Belohnung meiner Reise zu mir selber: Ich hatte meinen Kopf befreit, ich hatte meinen Körper befreit und wenn ich es jetzt zulassen würde, so hätte ich auch mein Herz befreit!

Und in dem Moment verstand ich, ich bin bereit! Ich muss nur springen und losfliegen! Springen und fliegen! Nicht am Boden zerschellen! Springen ... ich war bereit, ich war befreit und ich war verheilt, also sprang ich und begann zu fliegen! Seitdem bin ich wirklich davon überzeugt: Eines Tages wirst du einen

Menschen treffen und erst dann wirst du verstehen, wieso es mit niemand anderem geklappt hat!

Das wars dann erstmal von mir! Ich hoffe dir geht es gut!

Á bientôt"

Tara Princeley

Liebe, Schnee und Kyle

Liebesroman
Young Adult

Die Figuren, alle öffentlichen Einrichtungen und zum
Teil auch ein kleines Dorf in Tirol sind frei erfunden.
Ähnlichkeiten mit tatsächlich lebenden Personen oder
vorhandenen Einrichtungen sind reiner Zufall.

Impressum:
Autor: Tara Princeley, Herausgeber: Maria Anders.
Copyright Text und Cover: Maria Anders c/o Papyros
Autorenclub, Pettenkofer Straße 16-18, 10247 Berlin.
Fotomaterial im Buch: www.pixabay.com
(freie gewerbliche Nutzung)
Cover-Gestaltung: Sophia Silver Coverdesign.
www.sophiasilver.jimdo.com.
Bildmaterial: snowflakes-1236247, flourish-1332132
(www.pixabay.com), AdobeStock_181453384
(www.stock.adobe.com),
71198633_2758158184248207_40742802799198208_n
(Bildmaterial der Herausgeberin)
Kontakt: maria.m.anders@web.de
Erste Ebook-Auflage Juli 2021 (Amazon)
Erste Taschenbuch-Auflage Januar 2022,
ISBN 9783755767091
Herstellung: und Verlag BoD Books on Demand,
Norderstedt
Alle Rechte vorbehalten